鲸歌

我们拥有同样的音频和心跳

国家出版基金项目
NATIONAL PUBLICATION FOUNDATION

金色俄罗斯
Золотая Россия

碧空中的金子
——别雷诗选

Золото в Лазури
Стихотворения Андрея Белого

[俄] 安德烈·别雷 / 著
郭靖媛 / 译

四川人民出版社

图书在版编目（CIP）数据

碧空中的金子：别雷诗选/（俄罗斯）安德烈·别雷著；郭靖媛译．—成都：四川人民出版社，2018.11
（金色俄罗斯/汪剑钊主编）
ISBN 978-7-220-10975-1

Ⅰ.①碧… Ⅱ.①安… ②郭… Ⅲ.①诗集－俄罗斯－现代 Ⅳ.①I512.25

中国版本图书馆 CIP 数据核字（2018）第 212191 号

BIKONGZHONG DE JINZI BIELEI SHIXUAN
碧空中的金子：别雷诗选
（俄）安德烈·别雷/著　郭靖媛/译

策划组稿	张春晓
责任编辑	王其进
责任校对	舒晓利
装帧设计	张　妮
责任印制	祝　健
出版发行	四川人民出版社（成都槐树街 2 号）
网　　址	http://www.scpph.com
E-mail	scrmcbs@sina.com
新浪微博	@四川人民出版社
微信公众号	四川人民出版社
发行部业务电话	（028）86259624　86259453
防盗版举报电话	（028）86259624
照　　排	四川胜翔数码印务设计有限公司
印　　刷	成都东江印务有限公司
成品尺寸	140mm×203mm
印　　张	10.5
字　　数	210 千
版　　次	2018 年 11 月第 1 版
印　　次	2018 年 11 月第 1 次印刷
书　　号	ISBN 978-7-220-10975-1
定　　价	52.00 元

金色俄罗斯

Золотая Россия

致敬“金色俄罗斯丛书”译介团队，感谢所有参与者为传播俄罗斯文学、增进中俄两国人民文化交流而做的努力！

汪剑钊　丛书主编，北京外国语大学外国文学研究所教授，博士生导师。

张建华　丛书顾问，北京外国语大学教授。

刘文飞　丛书顾问，中国俄罗斯文学研究会会长。

张　冰　北京师范大学俄语系教授，博士生导师。

赵晓彬　哈尔滨师范大学斯拉夫语学院副院长，博士生导师。

杨玉波　哈尔滨师范大学斯拉夫语学院副教授，文学博士。

郑艳红　中国社会科学院文学博士，绥化学院外国语系教师。

张　猛　北京外国语大学外国文学研究所博士。

李　莉　北京师范大学文学博士，杭州师范大学教授。

顾宏哲　辽宁大学俄语系副教授，硕士生导师。

赵艳秋　复旦大学俄语系副主任，文学博士。

侯炜红　中国社会科学院外国文学研究所俄罗斯文学研究室主任，文学博士。

池济敏　四川大学外国语学院副院长，副教授，文学博士。

飞　白　云南大学外语系教授，浙江省比较文学与外国文学学会名誉会长。

黄　玫　北京外国语大学俄语学院教授，博士生导师。

杨晓笛　北京外国语大学博士，太原理工大学教师。

李玉萍　洛阳理工学院外国语学院教师。

王立业　北京外国语大学俄语学院教授，博士生导师。

邱　鑫　黑龙江大学俄语学院文学博士，四川大学俄文系系主任。

郭靖媛　北京外国语大学外国文学研究所硕士。

薛冉冉　浙江大学外语学院副教授，博士。

温玉霞　西安外国语大学俄语学院教授，博士生导师。

潘月琴　北京外国语大学俄语学院副教授。

董树丛　北京外国语大学外国文学研究所硕士。

余　翔　北京外国语大学外国文学研究所博士。

冯昭玙　浙江大学外文系教授。

王景生　中国社会科学院外国文学研究所博士，研究员。

徐　琪　厦门大学外文学院教授，文学博士。

徐曼琳　四川外国语大学俄语系教授，文学博士。

欢迎更多的译者加入“金色俄罗斯丛书”……

（按译作出版时间排序。）

四川人民出版社　文学出版中心

金色的“林中空地”（总序）

汪剑钊

2014年2月7日至23日，第二十二届冬奥会在俄罗斯的索契落下帷幕，但其中一些场景却不断在我的脑海回旋。我不是一个体育迷，也无意对其中的各项赛事评头论足。不过，这次冬奥会的开幕式与闭幕式上出色的文艺表演给我留下了深刻的印象，迄今仍然为之感叹不已。它们印证了一个民族对自身文化由衷的热爱和自觉的传承。前后两场典仪上所蕴含的丰厚的人文精髓是不能不让所有观者为之瞩目的。它们再次证明，俄罗斯人之所以能在世界上赢得足够的尊重，并不是凭借自己的快马与军刀，也不是凭借强大的海军或空军，更不是凭借所谓的先进核武器和航母，而是凭借他们在文化和科技上的卓越贡献。正是这些劳动成果擦亮了世界人民的眼睛，引燃了人们眸子里的惊奇。我们知道，武力带给人们的只有恐惧，而文化却值得给予永远的珍爱与敬重。

众所周知，《战争与和平》是俄罗斯文学的巨擘托尔斯泰所著的一部史诗性小说。小说的开篇便是沙皇的宫廷女官安娜·帕夫洛夫娜家的舞会，这是介绍叙事艺术时经常被提到的一个经典性例子。借助这段描写，托尔斯泰以他的天才之笔将小说中的重要人物一一拈出，为以后的宏大叙事嵌入了一根强劲的楔子。2014 年 2 月 7 日晚，该届冬奥会开幕式的表演以芭蕾舞的形式再现了这一场景，令我们重温了“战争”前夜的“和平”魅力（我觉得，就一定程度上说，体育竞技堪称是一种和平方式的模拟性战争）。有意思的是，在各国健儿经过数十天的激烈争夺以后，2 月 23 日，闭幕式让体育与文化有了再一次的亲密拥抱。总导演康斯坦丁·恩斯特希望“挑选一些对于世界有影响力的俄罗斯文化，那也是世界文化遗产的一部分”。于是，他请出了在俄罗斯文学史上引以为傲的一部分重量级人物：伴随拉赫玛尼诺夫第二钢琴协奏曲的演奏，普希金、果戈理、屠格涅夫、托尔斯泰、陀思妥耶夫斯基、契诃夫、马雅可夫斯基、阿赫玛托娃、茨维塔耶娃、布尔加科夫、索尔仁尼琴、布罗茨基等经典作家和诗人在冰层上一一复活，与现代人进行了一场超越时空的精神对话。他们留下的文化遗产像雪片似的飘入了每个人的内心，滋润着后来者的灵魂。

美裔英国诗人 T. S. 艾略特在《诗的作用和批评的作用》一文中说：“一个不再关心其文学传承的民族就会变得野蛮；一个民族如果停止了生产文学，它的思想和感受力就会止步不前。一个民族的诗歌代表了它的意识的最高点，代表了它最强大的力量，也代表了它最为纤细敏锐的感受力。”在世界各民族中，俄罗斯堪称最为关心自己“文学传承”的一个民族，而它辽阔的地理特征则为自己的文学生态提供了一大片培植经典的金色的“林中空地”。迄今，在这片土地上生根发芽并长成参天大树的作家与作品已不计其数。除上述提及的文学巨匠以外，19 世纪的茹科夫斯基、巴拉廷斯基、莱蒙托夫、丘特切夫、别林斯基、赫尔岑、费特等，20 世纪的高尔基、勃洛克、安德列耶夫、什克洛夫斯基、普宁、索洛古勃、吉皮乌斯、苔菲、阿尔志跋绥夫、列米佐夫、什梅廖夫、波普拉夫斯基、哈尔姆斯等，均以自己的创造性劳动进入了经典的行列，向世界展示了俄罗斯奇异的美与力量。

中国与俄罗斯是两个巨人式的邻国，相似的文化传统、相似的历史沿革、相似的地理特征、相似的社会结构和民族特性，为它们的交往搭建了一个开阔的平台。早在 1932 年，鲁迅先生就为这种友谊写下一篇“贺词”——《祝中俄文字之交》，指出中国新文学所受的“启发”，将其看作自己的“导师”和“朋友”。20 世纪 50 年代，由于意识形态的接近，中国与俄国在文化交流上曾出现过一个“蜜月期”，在那个特定的时代，俄罗斯文学几乎就是外国文学的一个代名词。俄罗斯文学史上的一些名著，如《叶甫盖尼·奥涅金》《死魂灵》《贵族之家》《猎人笔记》《战争与和平》《复活》《罪与罚》《第六病室》《丽人吟》《日瓦戈医生》《安魂曲》《没有主人公的叙事诗》《静静的顿河》《带星星的火车票》《林中水滴》《金蔷薇》和《钢铁是怎样炼成的》等，都曾经是坊间耳熟能详的书名，有不少读者甚至能大段大段背诵其中精彩的章节。在一定程度上，我们可以说，翻译成中文的俄罗斯文学作品已构成了中国新文学的一个重要组成部分，成为现代汉语中的经典文本，就像已广为流传的歌曲《莫斯科郊外的晚上》《三套车》《喀秋莎》《山楂树》等一样，后者似乎已理所当然地成为中国的民歌。迄今，它们仍在闪烁金子般的光芒。

不过，作为一座富矿，俄罗斯文学在中文中所显露的仅是冰山一角，大量的宝藏仍在我们有限的视域之外。其中，赫尔岑的人性，丘特切夫的智慧，费特的唯美，洛赫维茨卡娅的激情，索洛古勃与阿尔志跋绥夫在绝望中的希望，苔菲与阿维尔琴科的幽默，什克洛夫斯基的精致，波普拉夫斯基的超现实，哈尔姆斯的怪诞，等等，大多还停留在文学史上的地图式导游。为此，作为某种传承，也是出自传播和介绍的责任，我们编选和翻译了这套“金色俄罗斯丛书”，其目的是进一步挖掘那些依然静卧在俄罗斯文化沃土中的金锭。可以说，被选入本丛书的均是经过了淘洗和淬炼的经典文本，它们都配得上“金色”的荣誉。

行文至此，我们有必要就“经典”的概念略做一点说明。在汉语中，“经典”一词最早出现于《汉书·孙宝传》：“周公上圣，召公大贤。尚犹有不相说，著于经典，两不相损。”汉朝是华夏民族展示凝聚力的重要朝代，当时的统治者不仅实现了政治上的统一，而且也希望在文化上设立标杆与范型，亟盼对前代思想交流上的混乱与文化积累上的泥沙俱下状态进行一番清理与厘定。客观地说，它取得了一定的成效，虽说也因此带来了“罢黜百家”的重大弊端。就文学而言，此前通称的“诗三百”也恰恰在那时完成了经典化的过程，被确定为后世一直崇奉的《诗经》。关于“经典”的含义，唐代的刘知幾在《史通·叙事》中有过一个初步的解释：“自圣贤述作，是曰经典。”这里，他将圣人与前贤的文字著述纳入经典的范畴，实际是一种互证的做法。因为，历史上那些圣人贤达恰恰是因为他们杰出的言说才获得自己的荣名的。

那么，从现代的角度来看，什么是经典呢？商务印书馆出版的《现代汉语词典》给出了这样的释义：1. 指传统的具有权威性的著作：博览经典。2. 泛指各宗教宣扬教义的根本性著作。不同于词典的抽象与枯涩，意大利著名作家卡尔维诺归纳出了十四条非常感性的定义，其中最为人称道的是其中两条：其一，一部经典作品是一本每次重读都像初读那样带来发现的书；一部经典作品是一本即使我们初读也好像是在重温的书。其二，经典作品是一些产生某种特殊影响的书，它们要么自己以遗忘的方式给我们的想象力打下印记，要么乔装成个人或集体的无意识隐藏在深层记忆中。参照上述定义，我们觉得，经典就是经受住了历史与时间的考验而得以流传的文化结晶，表现为文字或其他传媒方式，在某个领域或范围具有一定的权威性和典范性，可以成为某个民族、甚或整个人类的精神生产的象征与标识。换一个说法，每一部经典都是对时间之流逝的一次成功阻击。经典的诞生与存在可以让时间静止下来，打开又一扇大门，带你进入崭新的世界，为虚幻的人生提供另一种真实。

或许，我们所面临的时代确实如卡尔维诺所说："读经典作品似乎与我们的生活步调不一致，我们的生活步调无法忍受把大段大段的时间或空间让给人本主义者的悠闲；也与我们文化中的精英主义不一致，这种精英主义永远也制定不出一份经典作品的目录来配合我们的时代。"那么，正如沙漠对水的渴望一样，在漠视经典的时代，我们还是要高举经典的大纛，并且以卡尔维诺的另一段话镌刻其上："现在可以做的，就是让我们每个人都发明我们理想的经典藏书室；而我想说，其中一半应该包括我们读过并对我们有所裨益的书，另一些应该是我们打算读并假设对我们有所裨益的书。我们还应该把一部分空间让给意外之书和偶然发现之书。"

愿"金色俄罗斯"能走进你的藏书室，走进你的精神生活，走进你的内心！

“一切沉沦于永恒”（译序）

俄国白银时代文学史中，安德烈·别雷是一个如太阳般炫目的存在，我们为他冠以许多头衔：小说家、诗人、传记作家、象征主义理论家，甚至俄国形式主义的先驱。他为俄国文学留下了丰厚的遗产——五十余卷作品以及数百篇短评论，他革新了俄国象征主义的精神与潮流。但要完全读懂别雷却是一件困难的事，连同时代的人都不曾真正地接近他。他的一生都在一个体系和另一个体系之间摇摆，他将一生耗费在一个不可能完成的任务上——用象征主义的艺术和哲学，调和世界与心灵中的全部矛盾，走向伟大的和谐。

别雷原名鲍里斯·尼古拉耶维奇·布加耶夫，笔名“别雷”在俄语中是白色的意思。根据基督教的颜色象征，白色表示纯洁公正，是和谐与永恒的象征，别雷在被许多同时代象征主义者奉为导师的俄国哲学家——索洛维约夫的建议下，选“白色”作为笔名，寓意着他毕生对永恒与和谐的追求。

别雷 1880 年出生于莫斯科，他的父亲是彼时闻名欧洲的数学家，相貌丑陋、衣着邋遢但才华横溢，醉心于抽象的理论研究。而他的母亲美貌非凡，是莫斯科文化圈中有名的美妇人，钟爱音乐与诗歌，力争用艺术对抗丈夫实证主义的乏味。别雷的童年是在父母的无休无止的争吵中度过的，双方理性与非理性意识的激烈冲突影响并塑造了他的一生。一切事物在他眼中都显示出模糊的两面性，这种不协调性又成为他性格的显著特征，使别雷常常处于悲剧性与复杂的内心冲突中，在他创作与理论中则体现为矛盾性与多变性。而别雷自己似乎却享受着激烈碰撞带给他的灵感迸发与思想风暴。

别雷起初就读于莫斯科大学数学物理系，但在这期间，他的兴趣转向了哲学和美学，别雷或许是俄国象征主义者当中最熟悉西方哲学的人，他熟读康德、叔本华、尼采等人的著作，同时也对东方的孔子与《奥义书》十分着迷，这最终促使别雷选择转上哲学系。但数学的精神已经融入他的血脉，他终身都与数学为伴，扎米亚京的描写证明了这一点："带着深色天鹅绒帽的头低俯在写字台上方，飘逸的花发在帽子的四周形成一圈光晕。写字台上摊开着原子物理学、概率论等大部头书……这是谁？数学教授？"

这当然不是数学教授，而正是别雷。理性的自然科学精神与人文主义思维的结合成为别雷思考问题的普遍方式，这也反映了世纪之交知识分子典型的思想转折，由实证主义转入神秘主义，并为这两种认识论找到共同的舞台——象征主义。

别雷的诗歌创作就是在这样的意识交锋中开始的。作为中国读者，我们更为熟悉的是作为小说家的别雷，他的诗人身份却常常被人忽视。别雷的诗歌创作几乎伴随着他的整个文学生涯，也清晰地记录下了他思想发展的全部脉络。从笼罩着神秘主义和启示录色彩，传达出对社会和精神变革的热切希望与对永恒世界的追求的《碧空中的金子》，到将俄国革命前夕的动荡现实与个人经验相结合，在现实主义风格的描写中展现虚无空间与绝望情绪的《灰烬》和《瓮》，再到以《基督复活》为代表的长诗探索，将统治俄国的革命精神与宗教的弥赛亚意识相结合，塑造新文化与新人，探寻俄罗斯民族的未来出路。希望与绝望、孤独与惆怅、理性与激情，我们在别雷的诗歌中发现了作者个人，乃至整个世纪之交一代人的种种心绪，以及对民族未来的种种期望与探索。

作为诗人的别雷有着多重面具，他是巫师，也是先知，是破坏者，也是创造者。在《碧空中的金子》中，诗人的使命是像古希腊神话中的“阿尔戈英雄”一般，找回丢失的金羊毛，追寻神秘的，金色的，闪烁着象征主义光芒的太阳，在未来新生活“黎明”的曙光中，预言人类的精神改造和复兴，直到永恒。《太阳》这首诗就传达了这样的追求：

心灵被太阳点燃，
太阳，是奔向永恒的疾驰，
太阳，是永恒的窗口
朝向炫目的金光。
……
贫乏的心饱受灾难，
它们被烧毁，被磨碎。

我们的心灵——是一面镜，
映出灿灿的金子。

直到黎明的光芒在革命浪潮中渐渐暗淡，诗人别雷预见到了动荡与死亡。在诗集《碧空中的金子》中，别雷常常以先知的身份自居，预言着神秘主义的未来世界。但在《灰烬》中，先知不得不流浪于尘世间的田野，为衰败的俄罗斯哭泣“我以田野为家，以沙土为床。/沾满露水的草地上，烟雾是我的幔帐”。(《田野上的先知》)作为先知的别雷是痛苦的，因为他更深刻地感受到了笼罩着俄罗斯大地的死亡力量，感受到心灵的空洞与绝望：

我赤贫大地上的旷野
那里充满了悲伤。
远方空旷的平原啊
耸立起，耸立起山冈！

一团团渺远的烟雾。
与片片四散的云烟
浮动在远处的村庄。
辽阔又饥饿的外省。

绵延不断的辽阔中：
空间连缀着空间。

俄罗斯啊，我该跑向何方

逃脱这瘟疫、醉酒和饥荒？

别雷在《灰烬》中继承了涅克拉索夫传统，不仅将民歌的韵律纳入诗歌节奏中，更在主题和创作手法上继承了现实主义的传统，对俄罗斯的描写成为这部诗集的核心主题。在革命浪潮席卷下的俄罗斯城市与乡村之间，别雷都感受到了无法遏制的毁灭与衰亡。无论是城市和虚幻，或是乡村的现实，都笼罩着死亡与空洞带来的不安。正如别雷在《灰烬》的序言中写到的“……整体是一个无物的空间，其中是日渐衰落的俄罗斯中心。……诗集的主导动机是一种不用自主的悲观主义，它产生自对当代俄罗斯的看法”。因此，现实的空间显露出隐喻色彩，使整个空间中的人与物成为虚无的存在，现实与象征的界限变得模糊起来。这部诗集成为别雷构建新型象征主义路上的一座里程碑。

别雷在诗歌中打破象征与现实的界限，是因为要做一个真正的创作者，创作的内容不仅仅是文字和思想，更是整个生活。别雷认为，象征的艺术归根结底是“生活的艺术”，艺术家自身的生活连同整个外部世界一起，都转化为艺术文本，因此生活的艺术，就是把生活创作因素推延到无限时空中去的艺术，生活本身就成为一种创作。别雷借“创造生活”这一概念，将自己的象征主义创作上升至世界观的高度，使之成为一种超文学、超审美的认识方式——“象征成为一切创造和认识的一种极限，象征主义成了一种世界观”。这使得象征主义从审美的领域蔓延至道德领域，肩负起构建新文化乌托邦的使命。别雷希望，象征主义能成为一个统一而包容的世界观，调和宗教与科学、审美与道德、理性与感性、认识和体验等多重矛盾，形成无所不包的艺术统一体。这也代表了以别雷为首的新一代象征主义者的共同使命——通过象征主义艺术，创造新生活，更新个体对世界的感受，从而实现对人的改造，让“新人”肩负起未来使命。

别雷的诗歌创作中自始至终都贯穿着对塑造“新人”的追求。《碧空中的金子》的创作过程本身，就是一次追寻金羊毛的冒险，他在这场旅程中看到了精神复苏的希望，他踌躇满志，就要超越这现实的生活，飞向永恒的太阳——

光辉笼罩，
白日的光芒，
火焰重新燃起，
疾驰着，
追赶
我们飞翔的阿尔戈英雄。

重新追上
自己金色的
羊毛……

《灰烬》与《瓮》则忠实地记录下别雷在塑造新人、创造生活中遭遇的滑铁卢，及由此而产生的心灵动荡。在这两部诗集中，“我”深深地体会到了生活的无望与未来的虚无，并感受到了历史与民族的进程与自身生活的强烈关联性，但“我”无力找到未来的出路与方向，只能任凭自己在一趟没有终点的列车上，疾驰于俄罗斯大地，最终一同坠入虚无和死亡。而即使是死亡也失去了悲壮的意义，成为人与他所在扁平化空间的存在的终止——

火车在哭泣。遥远的家乡
绵延着电报网。
掠过露水迷蒙的田野。
我掠过田野——奔向死亡。

我掠过：如此空旷，如此荒凉……
掠过——每一个角落，
掠过——天地间万物，
掠过——无尽的村庄；

但“新人”很快就在革命精神与基督精神中复活了，别雷转投入德国施泰纳人智学的怀抱，人自我意识的革命成为别雷创作中的重要因素，他更加肯定人个性的自由性与完整性，向往着基督与个体心灵的结合，以实现人之中“神性”的真正复归。

同时，别雷诗歌展示了他对节奏和韵律的痴迷，节奏已经不仅是诗歌的形式，而且上升到了诗学的高度。这源于他将音乐视为一切艺术的最高点，是所有艺术的灵魂，是诗歌乃至小说都要遵循音乐的规则。“音调和谐”成为别雷象征主义创作的重要原则，他对数学公式的谙熟使节奏诗学更加具体化，从而超越了传统韵律对音步和音脚的关注，更追求整体声音的布置与和谐。因此，别雷打破了诗行与诗节的规范，使诗歌整体的节奏脉动如数学公式般严整规范，展现出交响曲的风格。

正如沃隆斯基所说的，“孤独”是别雷诗歌中的永恒主题。同时，这也是别雷生活的恒常状态。别雷诗歌中大部分苦闷抑郁的情绪，都来自于悲剧性的感情生活。

别雷一生曾卷入过多次三角恋爱，都发生于白银时代文化圈中，其中最为人所关注的是与勃留索夫的情人妮娜·彼得罗夫斯卡娅与勃洛克的妻子柳芭的感情。勃留索夫的小说代表作《燃烧的天使》的三位主人公，就是对这段三人感情的映射。1903 年，妮娜在莫斯科的文学沙龙中与别雷相识，彼时的别雷是莫斯科文学圈中闪耀的新星，同时代的象征派诗人霍达谢维奇在回忆录中说，别雷周身总是笼罩着神秘主义的光环，仿佛圣徒约瑟一般没有丝毫肉欲，这一点令很多女性为他倾倒。妮娜也不例外，她在回忆录中称别雷为“新的基督”，在两人之间保持着微妙的“虔诚”。

但别雷眼中的爱是神秘的，爱与永恒的未来世界相连，应当在爱中寻求上帝的恩典。诗作《爱》就将爱的氛围赋予神圣的色彩：“他奔向杳无边际的远方。/在淡淡金光的天幕下/骤然间云雾升腾起来/闪耀出紫水晶般的光芒。”而妮娜的爱则带有强烈的世俗肉欲色彩。别雷向往的只是一种纯洁的结合，他努力使女诗人相信，在他们二人之间，存在着基督的力量。这使别雷对妮娜疏远了。直到二人在巴黎再度相见，却分分合合，无法为这场感情做出最后的决断。霍达谢维奇这样描述这一矛盾的心境：“他（别雷）既不能和她（妮娜）共同生活，又不能没有她。”正如别雷献给妮娜的诗《致友人》——

我爱的只有钟声
与夕阳。
我为何如此痛苦，痛苦！
我不是罪人。

可惜啊，到来吧；
我向你扔出花环。
啊，爱我吧，爱我——
我，或许，不会死，或许，
会醒来——
回来吧！

导致二人情感破裂的还有一个重要原因——1904 年，别雷与勃洛克的妻子柳芭相遇，并迅速陷入了热烈的情感，但最终柳芭还是决定回到勃洛克身边，断绝了与别雷的往来。别雷痛彻心扉，为此逃离莫斯科前往国外，并带着病态的心情完成了他的散文诗四部

《交响曲》的最后一部——《暴风雪高脚杯》。对别雷来说，这份爱情难以磨灭，它永存于心并超越了一切，直到与柳芭相遇的二十余年后，别雷依旧常常在诗中缅怀这段感情——

你金色的双眸
像蜡烛一样将我点燃……
我喜欢：——我无尽的悲哀
亲吻过你的双肩。

别雷后期的诗歌中，有很多题为《致阿霞》的作品——安娜·屠格涅夫（阿霞）是别雷的第一任妻子。也是别雷小说《银鸽》主人公卡佳的原型，她年轻，美丽，拥有迷人的长发与温柔的气质，别雷将她视为索洛维约夫笔下“永恒女性”的化身——

时复一时，日复一日：
将我们永远地相连：
在你低垂的眼帘下
双眸闪动着火焰。

我最后的，忠实的，永恒的朋友——
请别责怪我的无言；
无言是忧郁：是羞怯的恐惧，
因这难以表白的爱意。

1914 年，他们在瑞士完婚，并在那里遇到了别雷新的导师——人智学家施泰纳。而结果却是讽刺的，阿霞成为比别雷更忠实的信徒，成为施泰纳最看重的学生，她的精神世界完全从属于导师，成为一个禁欲主义者。而后，别雷黯然返回俄罗斯，独自一人。

别雷的悲剧性在于，他穷尽一生都没有完成追求和谐与永恒的目标，无论是情感生活的支离破碎，还是最终发觉创作与生活之间难以弥合的巨大落差，都让他陷入更深的彷徨与矛盾。他以一个叛逆者，一个斗士的姿态，把象征主义的美学原则贯彻于生活与创作的每一个角落，以至于“别雷”这个名字也成了一种隐喻，他代表着探索新生活的一次壮烈而伟大的尝试。

1934 年 1 月，别雷死于中暑。临死前，他请人为他朗读自己很久前写过的一首诗，正是他为妮娜写过的那首——

相信过金色的光芒
却死于太阳的利箭。
这世纪遍布我的思想，
却不知如何度过此生。

这本诗选中，我主要选取了别雷早期与中期的四部诗集（《碧空中的金子》《灰烬》《瓮》《星星》）中的诗作。翻译别雷的诗歌对我来说，是一次惊心动魄的冒险。别雷诗歌中复杂多变的意象、晦暗不明的隐喻，以及严谨的音乐性，让译诗的旅程仿佛一条曲折幽暗的小路，让我久久徘徊，屡屡想要放弃。但此刻，当这场冒险已经走到尽头，我却发现自己已无限接近别雷的光辉，无比亲近整个动荡的白银时代中，那些孤独又高贵的灵魂。我想，别雷未完成的使命永远不会湮没于历史的烟尘，时至今日，我们依旧在为人类精神的完满而不断追求。

这本不成熟的译作能够出版，首先要感谢汪剑钊老师，感谢他对我的信任与教导，他对诗歌的热情时时激励着我；感谢出版社张春晓老师严谨细致的工作；感谢家人的支持。由于自身水平有限，翻译中多有误译或曲解，希望能得到专家和读者的指正！

郭靖媛

2018年8月于北京

目 录
Contents

碧空中的金子

致巴尔蒙特 /003

金羊毛 /005

太 阳 /009

晚 霞 /010

永恒的呼唤 /014

三首诗（其一） /018

不 是 /020

教堂中 /028

田野上 /030

世界心灵 /032
爱的表白 /035
散　步 /037
废　屋 /039
回　忆 /042
退伍军人 /045
春　天 /049
白日噩梦 /051
城　郊 /053
在山上 /054
魔法师 /057
清　晨 /059
宴　会 /061
返　航 /063
小夜曲 /068

独　自　/070
秋　/071
我知道　/072
疯　子　/074
夜晚的祭品　/079
致勃洛克　/081
爱　/086
《灰烬》　/088
绝　望　/089
公　路　/091
从车窗看去　/093
电报员　/095
车厢中　/102
车　站　/105
夜　晚　/109

罗斯的欢愉 /111
苦　难 /114
罗　斯 /119
祖　国 /121
相　遇 /123
感　觉 /126
村　庄 /128
绞刑架 /130
残疾人 /133
春日的忧郁 /137
感　觉 /139
忧　郁 /141
绝　望 /143
宴　会 /145
责　备 /149

纵　火　/151

在街上　/153

酒神节　/155

折　磨　/157

葬　礼　/159

死寂的人群上空……　/161

夏　园　/163

走　过　/166

在田野　/169

致母亲　/171

田野上的先知　/173

安　宁　/175

滑稽戏　/178

在监狱　/181

清　晨　/183

安魂弥撒 /184
灵柩边 /187
致友人 /190
三驾马车 /192
生　活 /194
忘掉一切 /196
流氓小调 /198
道　路 /200
回忆！ /202
逃　跑 /204
时　间 /206
安　宁 /211

瓮

诗　人 /219

魔法师 /221
冬　日 /224
争　吵 /227
回　忆 /231
死　亡 /233
我的朋友 /236
致　她 /239
墓园之夜 /241
窗　下 /243
引诱者 /244

星　星

星　星 /251
自我意识 /252
羯　磨 /255

致 A. M. 巴措　/260

致阿霞　/262

倒　塌　/264

致维亚切斯拉夫·伊万诺夫　/266

致阿霞　/268

俄罗斯　/269

致俄罗斯　/271

致阿霞　/273

元素的身躯　/275

飞翔的心　/276

那水呢？瞬间——明晰……　/277

碧　空　/278

致阿霞　/279

“我”与“你”　/280

致祖国　/282

灵　感　/284
婴　孩　/286
致祖国　/287

其　他

夜　/291
七月的日子，闪动着肃穆　/293
队　伍　/295
失　眠　/297
医　院　/300
你——影子的影子……　/302

碧空中的金子

致巴尔蒙特

1

灿金色的远方
云朵，宛如红宝石，——
云朵，宛如红宝石，飘过，
仿佛沉重、鲜红的冰。

而雾幕笼罩着
平静如镜的水面，
炽焰的神迹
在心中——长存。

黑暗中，
地平线拥紧怀抱。
你说："湛蓝的汪洋
仍与我们同在，啊兄弟！"

别害怕月光，
点燃的夜幕之网，
沉思中忧郁的孩子
笑对——神圣的春天。

如同往日，远古的喧嚣，
隐隐的不安闪过心际。
那月亮，宛若灯笼，
火红的光将我们照亮。

而你向天空举起双手
沉浸于世界的欢腾。
你与我们相亲近
天鹅绒般蔚蓝的苍穹。

1903 年 4 月
莫斯科

金羊毛

献给梅特纳

1

苍穹沐浴着金光，
燃起喜悦的火焰。
大海之上落下
缓缓消失的金色盾牌。

阳光映照的海面，
无数根金色火舌在颤抖。
在忧郁的涛声中，
四处闪烁着金币的光芒。

悬崖峭壁矗立于，
颤动的金色锦缎。
太阳落了。悲劫的哭泣

充塞着信天翁的呼喊：

“太阳之子，重归冷漠！
它消失了——
金色的，古老的幸福——
金羊毛！”

金币的光芒褪去。
太阳渐渐黯淡。
但耀眼的紫红色火焰
吞没了太阳的光芒。

1903年4月
莫斯科

2

大火笼罩苍穹……
阿尔戈英雄们为我们吹响
起飞的号角……
注意听啊，听啊……
痛苦已足够！
穿上金色锦缎
织成的铠甲！

阿尔戈兄弟们
在身后高呼，
金色的
号角
高唱：
“追寻太阳，追寻太阳，我们热爱自由，
疾驰在蔚蓝的
苍穹！”

阿尔戈兄弟们盼望太阳之宴，
吹响
灿灿金光的宇宙。

天空泛出红宝石之光。
太阳火球已安眠。
天空泛出红宝石之光。
在我们之上。
群山之巅，
我们的阿尔戈，
我们的阿尔戈，
拍击金色的翅膀，准备飞翔。

大地消失了……
宇宙之
酒
燃起
烈焰
又一次：
升起
闪耀着炽热的星球。
金
羊毛
闪烁，
闪闪发光。

太阳，
被光芒笼罩，
是重新燃起的火焰，
疾驰着，
追赶着。

重新追上
自己金色的
羊毛……

1903 年 10 月
莫斯科

太　阳

致《像太阳一样》作者

心灵被太阳点燃，
太阳，是奔向永恒的疾驰，
太阳，是永恒的窗口
朝向炫目的金光。

玫瑰插在金色的鬈发中，
玫瑰温柔地摇曳，
沐浴着金光的玫瑰，
溢满火红的激情。

贫乏的心饱受灾难，
它们被烧毁，被磨碎。
我们的心灵——是一面镜，
映出灿灿的金子。

晚　霞

1

远方——漫无边际。麦田在低语，
慵懒地摇摆。
而心又在不安地等待
一切依旧是梦。
在苍白的，如酒般金光流溢的忧郁中，
笼罩着乌云
勾勒出火红的弧线，
与炽热的银光，
赤金色的太阳落下……
神圣的激情
又一次掠过金黄的田地，
麦田在低语：
“平静吧，心灵：金色的宴会中
一天已结束。

而旧日多雾的田野里
夜幕降临。
疲惫的世界充满静谧，
前方
春天已很久无人期待。
你也别再等待。
什么都不存在……什么都将不会存在……
而你也要逝去……
这世界消失了，上帝把他遗忘。
你究竟还等待什么?”
如镜般平静的远方，火红的光辉中，
笼罩着乌云
勾勒出火红的弧线，
与炽热的火光，
硕大的球体，落下，燃烧
在殷红的玫瑰园上空。
夜幕降临。慵懒地摇摆，
麦田在低语。

1902 年 6 月
银井

2

我弯着腰，垂着头，

疲惫地回到家中。
我听得见，那来自远方故乡
迟来的呼唤。
向我呼喊：“你的悲伤已逝去，
梦一般消散。”
我看向远方——灿烂的金色丝线
编织成网
铺向蔚蓝……
向我呼喊：
“岁月蜿蜒，如卷轴……
一切在梦中……
为了晶莹的泪，与心的欢愉，
为了存在
我早夭的儿子，与我流着相同的血的儿子，
我呼喊着你……”
那样幸福又驯顺。
遥远的田野上
展露于尘土迷蒙的云中
琥珀般的金光。

1902 年 6 月
银井

3

低垂的麦穗，风中摇曳。
传来夜晚清凉的气息。
微弱的嗓音痛苦地呼喊
向着远方苦难的年代。

他不安地呢喃，
向着空中宫殿，
云朵轻盈的光团，
从田野上空飘向东方。

落日鲜红的印痕
在远山背后渐渐暗淡。
环绕着我们的金色海洋，
在一片醉人的光辉中喧嚷。

而世界，在盛宴中，燃尽，
这世界赞美圣父，
而风儿在爱抚，亲吻。
无休无止地，把我亲吻。

1902 年 3 月
莫斯科

永恒的呼唤

致梅列日科夫斯基

1

当温柔的淡黄色霞光
穿透树林的梢头。
这永恒的歌声就唱响：
“拥抱吧——我将亲吻你！”

远古，以宇宙的胸怀
把我们揉进炽热的时间，——
远古，环绕着我们，
仿佛飞泻的蓝色瀑布。

漫漫岁月流淌的瀑布，
不停落下忧愁的浪花。
带不走对往昔的回溯，

永远透着旧时的微光。

远古依旧唱着歌，
这世界兴奋地扼住我们。
红酒恰恰从杯中倒出，
洒满永恒的天空。

我面朝远古，
俯身为万物祈求。
辉煌的金色大树
热烈地向我伸出树枝。

穿过岁月无尽的激流
某种东西又一次触动我，——
又传来那忧郁沉思中的呼唤：
“拥抱吧——我将亲吻你！”

2

布道即将完成，
我仿佛走向新的基督，
为他献上一顶荆冠，
用火热的红蔷薇装点。

空中熄灭了金黄的熄灭。
我嘲笑路旁的灯火。
街道上人们把我紧紧围住，
他们惊恐地聆听预言。

他们朝我大笑，
朝疯癫又滑稽的敌基督大笑。
鲜血像一滴火红的泪
凝固，颤动在额前。

马车的轰鸣、尖叫与辘辘，
橡胶车轮无声转动……
苍白的小丑安静下来，
忽然被溅满了黏泥。

周身洒满明亮的灯光，
我垂着头大哭，像个孩子。
他们用脚踢着我，
把我拉进感化院。

3

我坐在窗下，
紧靠铁栅栏，祈祷着。

万物凝结，闪亮，
于一片蔚蓝。

远方传来呼唤：
“贫苦的大地之子们，
我离你们如此之近，
在这金色的，琥珀般的时刻……”

昏暗的窗下
监狱的铁栅栏边
我向她挥着尖帽子：
“很快，很快我们将见面……”

缠绕着光辉的十字架的
金丝线，使我愉快……
又传来那忧郁沉思中的呼唤：
“拥抱吧——我将亲吻你！”

满怀喜悦的苦难，
小丑静默不言。
疯癫的帽子，从他手中
悄悄掉落地面。

1903年
银井

三首诗（其一）

凋敝的森林对我们歌唱，
仿佛年迈的弹唱诗人。
遥远的天边
猎豹的兽皮被拉长。

你不相信，天会如此晴朗，
往昔的幸福会成为可能。
东方的阴影在不安地
靠近。

我热切地献上玫瑰
花环——它燃烧着火焰。
我就这样望着你，
望着，在幻梦中沉迷。

我仿佛——在用这梦幻

丈量喜悦的深渊。
你说——喜悦是如此神圣……
我不相信！

凋敝的森林对我们歌唱，
仿佛年迈的弹唱诗人。
遥远的天边，
燃尽了猎豹的兽皮。

1902年
莫斯科

不　是

致 В. Я. 勃留索夫

1

怀疑，仿佛月亮，再次升起，
而邪恶的思想
如秋日的烟雾，悄然，——
弥漫。

杨树间，天空中，水中，
血红的号角燃烧。
噢，你在哪里，在哪里，
伟大的上帝！……

向我们显灵吧，神圣之子们……
噢，要等待多久，
悲伤地，笑着，

还是死去？

杨树间血红的号角渐渐平息。
在拿勒撒的大雾间。
伟大的上帝！……
没有答案。

2

洋溢着灿烂温柔的草地上，
陌生人端坐在白色石头间，
他有着碧蓝色的双眸，
与金色的胡须。

大雾弥漫的东方……
飞翔的寒鸦遥远地鸣叫。
他用芬芳的三色堇，
为自己编织白色花环。

阴影笼罩着他的脸庞。
他歌唱——嗓音好似铃铛。
我向他深深地鞠躬。
他抚摸着我，仿佛抚慰孩童。

驼背者自山洞而来，
恪守规矩。
驼背者带来
金色的王冠。

“你闪耀吧，仿佛往昔……
我的心不会把你忘记。
一切曾经存在的，现有的和未来的，
王，都在你的视线里。

而桦树，欢腾着，
树顶掠过迷雾的深处……
有人——永久地，把你
亲吻！”

但他从雾中离去。
走向人群，驱散他们不幸的梦。
紧贴着人群，
仿佛权杖，与三色堇，他说道：

“在此刻战胜！”
他的紫红皇袍随风飘舞。
黑色飞鸟，低沉地鸣叫，

在头顶盘旋。

3

他——是一束洁白的玫瑰。
他，是盛满神圣药酒的碗。
他，仿佛新基督，
欢乐洋溢的导师。

无论爱，或是悲伤
他以碧蓝的双眸赐予一切。
这就像是，孩子们
长着琥珀般金色的胡须。

“噢，我的子民，
来吧，靠近我。
梦中我如此清晰地听到
新的爱之歌唱。

靠近我吧。
我们一同建造庙宇。
我把火热的心
献给将要来临的春天。

此刻，我把自己奉上
作为夜的祭品……
我为你们牺牲，
忘情地爱吧笑吧……

啊，我用碧蓝的双眸
为你们所有人洗礼。
用我圣洁的白色
抚慰你们火热的罪恶。”……

4

他端坐在金色宝座上
周身熠熠闪光，
那神奇的火焰之酒
让我们醉得发狂，

加剧了致命的恐慌。
遗忘已久的混乱重现。
宇宙风暴的巨响
骤然向我们猛烈袭来。

冰冷的脸颊上
忽然落下双唇热切的吻。

一声沉重的哗啦，
他的红酒杯碎落。

遥远的东方国度
投下巨大的阴影。
我们眺望远方
灰色胡子的先知。

在波涛怒涌的雷雨中
先知说道：“敌基督到来”……
混乱又一次在我们周围
搅动起致命的虚妄。

忧郁的君王走下宝座，
正被不幸的灾难纠缠。
摘下王冠，离开我们
沮丧地垂头走向监狱。

5

啊，裹上鲜艳的外衣，
饮下一杯杯醉人的喜悦。
像赞美上帝一样，我们赞美生活，
用新知识为它镀上金色。

花环已枯萎，外衣也脱去，
摇曳的烛火微微闪烁。
我们跑向何处，满怀哀伤，
四周的黑暗预示着灾祸。

有人在哭泣，蜷缩着颤抖，
笼罩着无知的恐惧：“难道
正是一切疯狂与谎言，
引诱我们追寻崇高的真理？”

豪华的处所——魔法的栖息地，
在那里我们赞美新知识，——
夜半时分，狂热的复仇者突然，
用紫色的剑把它烧毁。

我们如此奔跑，奔跑，悄悄地，
一片漆黑之中，不知——奔向何方，
我们轻声嘀咕，清点
有多少掉队的兄弟。

6

噢，我的王！
你怯懦又卑微。

你，像往日一样
躲进白色的三色堇丛间。

落日时分，永恒灯光的闪烁，
与苦痛红色的反光——
金色的绸缎
与火热的布匹。

你悲凄地，大声疾呼，
仿佛一只水鸟……
噢，孩子，
你的紫红王袍已成碎片。

冰雪覆盖的面庞上
一双疯狂的蓝色眼眸
因黑夜中翻涌的
幻梦，变得模糊。

噢，我的王，
噢，丧失了威严的卑微，
你，同往日一样
在草丛间采撷三色堇。

1903 年
银井

教堂中

人们，走进教堂，愈加沉静与端庄……
长明灯火红的光辉与低声的呼唤：
“主啊……”

我又一次祷告，饱受忧虑的折磨。
墙边圣像干枯的手指摆出威吓的手势，

神龛中阴沉的脸愈发黑暗，
岁月带走镀金的光辉。

熔化的光束洒满窗户……
四周都被照亮，一切都被太阳点燃：

与唱诗班一同高唱“温柔的光辉”，
圣像闪烁着赤红的金光。

神父洋溢着明媚的喜悦，

他周身香气缭绕，走出门去。

1903 年 7 月

银井

田野上

太阳古老的身影
金灿灿，红彤彤，
散发出橙香与酒香，
照耀在火红的河面上。

大地在空气的
醉意中沉默。
金色的旷野，
金色的田地。

在明亮的光辉中，
我走下山谷。
一团团灰色石块，
阻碍了我的脚步。

离开无处不在的金色，

我向溪畔奔去——
夜晚的寒风
掠过茂密的草场。

太阳古老的身影
金灿灿，红彤彤，
散发出橙香与酒香，
向着静谧奔去。

跑入未知的深处。
在田野上空，
四周弥漫着
灰蓝的烟雾。

危难年代的生命
如渐渐干枯的泉水：
在纷乱的梦中，
我们见到了大地的全部。

1904 年

世界心灵

夜晚
如云般游走。
笑
漫不经心的
摇曳的笑
笑着。
银光道道
掠过水面——
——耀眼地——
如浪涌
涛涛。

纯洁的，
仿佛宇宙，
漫天闪烁的——
金色霞光，

世界心灵。

追逐着你，

一切

燃烧着

疾驰

奔向盛宴，

奔向盛宴。

沙沙作响的草地：

“我在这，

鲜花盛开……

这世界

与你……”

追逐着，

奔向盛宴，

而你——

在那里……

微风，

拂过，

你轻轻惊扰了绿意，

你预感到

寒冷

笑着

瞬间
沉沦在碧空，
蜻蜓挥舞着双翼。
从暗红的石竹，
到浅粉色的
三叶草丛——
你追逐着，
红宝石般的，
小瓢虫。

1902 年

爱的表白

献给我亲爱的母亲

嫩叶上的露水闪闪发光。
太阳照耀在池塘上。
贴着俏皮膏的美女，
端坐，像一朵盛开的玫瑰。

这可爱的画面使人欢喜！
她穿着白色的花边纱裙
在拨弦钢琴的伴奏中遐想。
在命运春天般的爱抚下
环绕着布满藤蔓的屋墙。
她闪耀着金色光芒。
年轻又英俊的侯爵，
也在她面前俯身。

扮演着熟悉的角色，

戴上灰白色的波浪假发，
穿上天蓝色的绸缎上衣，
一枝深红色的玫瑰在手。

“我敬您如神明，表妹！
请您将这枝花收下……”
拨弦钢琴的伴奏中溢满笑意，
渴望与她相拥。

沿着浸满露水的草坪
浅白色的云朵缓缓游走。
翻腾的紫色雾浪里
金色的月亮暗影浮动。

1903 年
莫斯科

散　步

镀金马车中的美人儿，
飞驰在林荫路上。
站在踏板上的仆人，
穿着长靴与绿色的制服。

她身穿丝绒花边的华服，
珍贵的宝石闪闪发光。
名流显贵们见到她
也要脱帽致意。

马车已经套好……
羽饰装点着鬃毛。
侍卫熟练地驾着马车，
一只小狗坐在美人身旁。

大汗淋漓的骏马披一身白雪，

美人的车夫策马飞奔；
他，在疾驰中扯下
金合欢的枝叶，露出笑容。

瞥向她冒犯的目光。
在神秘的相约时刻，
那搽了粉的苍白，慵懒的——
对她低语着爱的蜜语……

静默而兴奋地端坐……
马车飞驰向西方……
在苍白的天穹下
流淌灿烂的紫色光芒。

她幻想着热烈的亲吻……
远处伫立的人形雕塑
浮现出模糊的轮廓，
包裹着火红的霞光。

1903年
银井

废　屋

荒芜的废屋。
灌木丛多刺，却很稀疏。
我怀念着往昔：
“啊，你们在何方——敬爱的先祖?”

从石缝间长出
苔藓的嫩芽，仿若水螅虫。
中空的椴树，
屋顶上呜呜作响。

落叶纷纷，
思恋昔日的安逸，
在昏花的窗户
与破败的塔楼下飞舞。

在温柔的白百合间——

一枚斑驳的徽章
印着贵族的姓氏。
如生锈的弯弯镰刀。

往事，是否如烟?
令人悲凄。
嘶哑的寒鸦，
嘲笑着我的哀愁。

看向窗户——
那中国的陶瓷钟表。
角落里的画布上
是炭笔绘下的小兔。

古旧的家具蒙上尘埃，
这罩中的吊灯，与窗帘。
都消失在远方……而远处——
一片平原，连缀着平原。

在广阔的平原间
是一垛垛金色的谷堆。
和天空，
与我……

过去的日子扑面而来，
我满怀忧伤地聆听着，
风吹叶子的沙沙响，
与铁窗敲打的砰砰。

1903 年
银井

回　忆

致勃洛克

沉思者的姿态：
透过丁香的枝叶
破败的贵族官邸上
干石灰闪闪发光。

生锈的铁栅栏
一切依旧近在咫尺。
这一年
花坛也一同破碎。

啤酒花在旧阳台上
梦一般随风飘舞，
而那熊蜂
在圆柱边嗡嗡作响。

春天。

在花布擦净的圈椅中

老妇人看向窗外。

梦回青春年华。

她忆起年少时的种种——

她穿着洁白的纱裙，

漫步于春日

如灿烂的花朵，如纯洁的百合。

他走在身后，

低声赞美。

她的情思万千

在胸中热烈地燃起。

她坐在

古琴边，满心欢喜。

他凝望她的双眸，

幸福又高贵，满含笑意。

霞光照进窗户。

老妇人叹气：

“这一切都是遥远的过去！……”

院墙上驻足的布谷鸟，

嘶哑地，
高声鸣叫，
而时间，忧伤地
从房顶上逝去，逝去……

沉思的啤酒花
随风摇摆，仿若梦幻，
那温柔的熊蜂
在圆柱边嗡嗡作响。

1903 年
莫斯科

退伍军人

安着木假腿的退伍老将军，
飞驰在归家的林荫路上，
跟着阴沉着脸的雅各布——
他的奴仆。

遵循俄罗斯的
习俗，整个家族
为将军准备酒宴
奉上佳肴。

抽着雪茄的胖地主，
在中午套上衣服，
浑身燥热地
与客人畅饮樱桃酒。

将军随手把烟头摁向桌布，

又一次激昂地
谈起土耳其：
“我们抵达雅西……
近在咫尺的土耳其……”
四周梯田环绕
盛开着金黄的旱莲。

将军
看向
金发姑娘
和面包上的
沙丁鱼
叫喊着：
“惊雷般的笑声中
枪炮醒来
军人们战死沙场……”

杜鹃
忧郁的哀鸣，飘扬在
槭树林道。

田野深处
如此嘹亮地歌唱

心灵的痛苦。
小男孩从花园
穿过云杉林，
呼喊着，驱赶牛群。

“没有像他们那样
牺牲，
而坟墓
多了起来”，——
浓烈的酒
让他高呼……
青筋布满
额前。

“我们那未知的恐惧……
高加索的大火，点燃成片的村庄……”

带着褐色的格子毯
和椅子，
他的仆人，小雅各布
等待在林荫道边。

将军

走下阶梯，用他的木假腿敲击着
陈旧的阶梯。

1904 年
莫斯科

春　天

万物凋零。而嫩芽已长出。
很快，铃兰和三叶草就会开花。
那飘荡的云，仿佛浪花朵朵。
春天的消息愈发响亮。

不休的埋怨声使我烦忧：
爱发牢骚的菲奥克拉卷起长裙，
在危机四伏的大街上，
她擦拭着玻璃窗。

这里的石灰浆用刀子铲掉，
这里的玻璃杯中有毒……这里的棉花……
四月的胸怀中溢满喜悦。
风扬起窗边的尘埃。

大开着窗——呼喊声，谈话声，

花枝随风摇摆，
打蜡工人走到门口
光着脚敲打家具。

缓步踱出的猫坐在食盒边，
洗干净柔软的爪子。
那穿着印花衬衣的小男孩，
奔跑着，投入奶奶的怀抱。

天空中闪耀着火红的霞光。
激情如昨，再一次似火燃烧。
苍穹愈发湛蓝，
云，仿佛浪花，卷起波涛。

我的视线徘徊在蔚蓝的远方。
尘世的向往是那样卑微……
小男孩穿着破靴子，轰隆隆
把沉重的原木拖进门口。

1903 年
莫斯科

白日噩梦

烈日灼烧。沿着人行道
卫队护送留校女生
她们面色苍白，愁眉不展
排成队伍一双接着一双。

队伍有序又缓慢地行进，
绵延到远方——
她们穿着朴素的黑靴，
披着雪白的斗篷……

样式简单的圆帽子，
头发编成辫子——
似乎一点都不年轻，
似乎都是些老姑娘。

瞪着呆滞的双眼，

挺起僵直的后背。
女学监死人般的视线，
仿佛站在尸体旁。

“纳丁小姐，请你站直……”[1]
她严厉地皱起眉头。
听着无趣的乐曲，
打量来往行人匆匆……

摇头晃脑，
吃惊地发笑……
寄宿学生蛇一般缓缓走过
沿着蜿蜒的街道。

1903 年
莫斯科

1　原文为法文“Mademoiselle Nadine，tenez vous Droit ...”

城　郊

节日已过：黑暗中
传来醉汉的叫喊。
流浪汉悄悄地溜走，
绕过屋角。

不安的黑暗中，
打更人敏捷地跑过，
拖动矮小的梯子，
哼唱着轻快的小调。

金色的夜晚浸出深红
工厂的烟囱已经关上
只有那灰黑的烟团
凝滞在空中。

1904 年
莫斯科

在山上

群山戴上婚礼花冠。
我如此年轻，又喜悦。
山峰上，
严寒将我涤荡。

一位白发的驼背老者
从悬崖向我蹒跚而来。
他为我带来礼物——
地下的温室中的菠萝。

他舞动满身夺目的紫红色，
赞颂着蔚蓝的天空。
银色风旋的风暴
急速地扬起他的胡子。

他用低沉的

男低音，呼喊。
向天空
掷出菠萝。

菠萝划出一道弧线，
照亮四野，
又一闪而过
不知落到何方。

它折射出金色的露珠
仿佛灿灿的金币柱。
下面有人呼喊：
“这——就是火红太阳的圆盘……”

鲜红的玫瑰色
水晶——
金色喷泉的火焰，
叮当坠落，
把悬崖洗净。

我斟满杯中之酒，
又悄悄侧身走来，
泼向驼背的老人

泛着闪光泡沫的酒

1903 年

莫斯科

魔法师

致勃留索夫

我身处不息的时间洪流，
黑斗篷狂躁地撕扯。
我呼唤人们，寻找先知，
解答空中可怖的奥秘。
我疾步走上前。
那里——悬崖上，坚定的魔法师
您站在星辉的光环之中，
凝神注视，带着先知的笑意。

时代的脚步踏出杂乱的和音，
疾步，扰乱永恒的梦幻。
您的声音——仿佛鹰的嘹唳——
成长在寒冷的高空。

火光中，忧愁笼罩了帝国上空

时间之上高悬着——
死寂的魔法师，交叠双手，
过早降临的春天的先知。

1903 年

清　晨

空中如琥珀般闪耀的云朵，
烟雾迷蒙。
云雾缭绕的悬崖上
雪白的飞鸟拍打双翼。

水鼠歌唱。
发丝披散。
太阳很快升起，
而她，会如神话般，消失。

情不自禁地忧伤。
与钻石中的睫毛。
亲爱的，谁在呼喊？
是鸟儿热烈的啼鸣。

雷雨交加，蓝宝石般的海面上，

苍老的长者战栗着，若摇摆的鱼尾。
他如幻梦般骤然消散，
被黄粉色的泡影淹没。

太阳用它火红的
手指刺穿乌云。
飞鸟又一次
拍打着银色的羽翼。

1902 年
莫斯科

宴　会

端出绿宝石高脚杯中的酒。
摆上餐具。点缀着我的餐桌。

巨大的烟斗飘出的烟雾
在空中凝聚成一朵塔云。

我听到不远处巨人的脚步声。
爱恨交加地把一切唤到眼前。

我邀请一位驼背的音乐家赴宴。
他用一根发黄的骨头击鼓。

骨架在布满青苔的草地上舞蹈
在坟墓的棺盖上激情地跳动。

树木披上金黄的叶子。

树叶间闪烁着落日暗红的余晖。

芬芳的石竹点缀了我的餐桌。
云塔间夕阳的残晖渐渐黯淡。

黑暗浓重起来……难道要坐在黑暗之中？
我拿来了九个烛台。

来到宴会，戴上亮红色的花饰带，
长者种下不知名的枝芽。

长年的重负让巨人掉光了头发
他豪饮着绿宝石杯中的酒。

1902 年
莫斯科

返　航

致 A. C. 彼特罗夫斯基

1

身在高处，我任凭命运的摆布。
漫长岁月从我头顶急速飞逝。
山洞中无拘无束地生活。
碧空渐暗，星光散落。

我的朋友们从高高的星空坠落，
他们在低处生活，遗忘了我。
深渊上我点燃带血的火把。
遥远的山顶繁星闪烁。

此刻我呼喊山顶的兄弟。
让他们听到遥远的暗语。
我的小矮人，我的小矮人，拿起返航的号角。

鼓起枯瘦的面颊，吹起小号。

像魔法一样，我们以魔酒迎接他们。
像梦一样，掠过漫长岁月的激流。
给他们一杯宴会的烈酒吧，
酒中浮动着流光。

帽子掉落，而小矮人吹响深邃的号角
石头从脚下滚向低处。
他挥舞号角。绿色的披风
在灰白的深渊上飘舞。

我对你低语：他们应当离开
眼前的国度，去往不幸的山谷……
小矮人，把鲜花撒向来客，
落满他们及足的斗篷。

2

一人群从山脚跑向山顶。
金色的球体立于太阳之上。
我那夺目的权杖在高处闪耀
神秘地指向东方。

山脚的宴会——山顶的冰雪。
桌面的金币灿灿发光。
一瓶瓶装满了美酒：
眼前——碧空，那边——太阳的琼浆。

暗夜披上霞光的斗篷
穿着祖母绿的鞋，
我的小矮人行进着，赤诚又谦恭，
把弯弯号角顶在头上。

他献上珍珠，仿佛热烈的吻，
那沉重的号角低垂，此起彼伏，
轻柔的，潺潺流水
蜿蜒在来客与我之间。

在他们之中，我穿着浅蓝色的外衣。
那魔杖闪烁，时隐时现。
“朋友们——像上帝一样，畅饮吧！”
我处处低吟着：“我的宴席——多么舒畅。”

深夜我们将攀上山顶。
夜里，拿起火红的神灯，
我们去往神秘的山洞，

那里的瀑布掩着出路。

永恒的宴席，带着不幸的微笑
眼中突然闪烁着璀璨的光芒，
忠诚的小矮人把太阳圆盘中的
金色球体高举头上。

3

双眼中跳动着狂野的激情火焰。
满是鲜血的额头下
颤抖的唇贪婪地
吮吸着破碎的阳光。

另一边，金色的宴席落幕，
富余的佳肴带来热闹的交易。
冰上闪耀着一簇簇火红的亮光，
映照出古老酒神节的画面。

我挡住愤怒的阳光。长长的影子
遮盖了衣服的布面。
在头顶古老的永恒之上，
是漫无边际的黑暗，深渊倏然在前。

我沉默地等待着贪婪的伙伴，
在兽群间寻觅至高的暗语……
我的小矮人，我的小矮人，拿起返航的号角吧！
鼓起枯瘦的面颊，吹起小号。

离开这里！……笼罩着
可怖的疯狂，落入深渊。
扯下披风，在慌乱的愤懑中
我的小矮人随他们落入悬崖。

碧空渐暗，星光散落……
冰雪峭壁旁一簇簇花放出光彩。
山洞之中我又孤身一人。
漫长岁月的激流从头顶飞逝。

1903

小夜曲

献给巴丘希科夫

你又一次出现在窗边，满心沉醉于幻梦，
绿宝石，绿宝石，
闪耀四方。

亲爱的，
月亮——是霞光的泪——
落在
某个神秘的地方。

灰珍珠无忧无虑的
亲吻，哦，你要明白！……
在灌木，草丛与花朵之间
如镜的
水面荡漾起波纹。

不要忧伤，

平息吧，你的忧伤！

亲爱的，

让

那群静默的白天鹅

冻僵，在沾满露水的树枝间，

在银色的水流上——

让我们笼罩在，迷雾般孤独的忧伤。

因那追寻幻梦的忧郁轻轻挥舞翅膀。

花丛中萤火虫如绿宝石闪烁光芒。

水面上白色的胸膛轮廓

就是一块冰：

这是七只天鹅，

这是洛斯格林的七天鹅——

洛斯格林的

天鹅。

1904 年

独　自

献给谢尔盖·利沃维奇·戈贝林斯基

窗户蒙上水雾。
明月高悬于庭院。
而你在窗边伫立
漫无目的。

风，渐渐止息，纠缠着
一排苍白的桦树。
曾有太多的哀愁，
太多的泪水……

一段乏味的时光
在不经意间闪现。
我独自一人，
心在痛，痛着……

1900年
莫斯科

秋

我的手指从你双手滑落。
你离开了——紧蹙着眉头。

看啊，当桦树坠下
纷纷红叶，宛若一场血雨。

萧瑟之秋，冷冽之秋，
在我们头顶的高空舒展。

贫瘠的原野远至天际
清澈的天穹，飘过朵朵游云。

1906 年
慕尼黑

我知道

献给 O. M. 索洛维约夫

纵使大雾笼罩着黎明——
我知道——这梦寐以求的亲近……
看，远方的怪蛇
怎样凭空地消失？
纵使充斥着不安与恐惧……
纵使大雾笼罩着黎明——
我知道——这梦寐以求的亲近。

温柔的东方渐渐泛白
你可知道——长夜将尽？
你可听到——自由的空气——
微风拂过，
带来日出的消息？

僵直的柏树沉睡。

你可知道——长夜将尽？

我又情不自禁
把洁白的花贴近胸口。

这些灿烂的幻梦，
这些闪亮的笑容，
刺痛了我的心……

我又情不自禁
把洁白的花贴近胸口。

1901年

疯　子

献给 A. C. 邱里舍夫

1

“你们喧嚷着！烟草的碎屑
铺晾成灰蓝色的丝絮。
我的金色灯笼
照亮你们的窗户。

夜半十分，是我
向你们叩响朝霞之窗。
落了雪的前额
被荆棘的刺划破，扎伤。

漫漫长日我徘徊游荡
又隐没于傍晚的迷雾。
我受了重伤的双足

痛苦难当。

睁开眼。透过煤烟
你们向我提问。
为我打开烟盒，
卷一根烟。

啊，当我坐在桌旁
祈祷，静坐
陷入冥想，
为我倒一杯茶……

噢，我是火焰的俘虏，
投向我的炯炯目光……
难道你们
从不认识我？……”

2

我们忆起一切。他沉默不言，
英俊得熠熠闪光。
一个肥胖的人红着脸，
倚在桌边放声大笑。

那时的我们一无所知。
沉醉于宴会的欢乐。
而他，
一如往常，永远被我们忘却。

他，垂头而坐
目光如孩子般怯懦。
谁在唱歌
那么嘹亮。

突然
他以巨大的痛楚
战胜恐惧，
用颤抖的手拿起蜡烛，
他说：

“是你赐予我们光明
救世主，
我没病，没有，没有；
我，是救世主……”

他低垂着布满忧虑的
面孔，嗫嚅……

我惊恐地大喊：
“他——疯了！”

3

疯子就住在这里。
洁白的丁香花丛中。
掩映着级级阶梯，
通向露台。

失去自由的疯子，
在栅栏背后踱步……
是的，你在这！
是的，你疯了！

蹑手蹑脚，有人滑稽地，
钻进宽大的病号服，
茫然四顾，
在日落时分交谈。

忧愁弥漫……
他顺从又平静地
拍击着手掌，
跑向河边。

你在岸边等待着什么?
可是那芦苇的绿茎
微微颤动,
传来苦涩的歌声?

是什么,映照在镜中,
当你用郁金香敲打疲惫的胸膛?
拍手,转圈……又笑着,
淹没,消失在雾色茫茫。

只有郁金香在莎草间挺立
一切都充满倦意,变得鲜红……
仆人从医院姗姗来迟,
他尖叫着,匆匆而去 ……

1904 年 3 月
莫斯科

夜晚的祭品

我像傻瓜似的呆站，
戴着火红的皇冠，
身穿金色的长袍，
镶嵌着紫水晶扣。
独自，独自，像一根柱子，
在僻远的修道院，
等待着虔诚的人群
祈祷下跪……
我长久地，徒劳地等待着，
那梦中的恋人……
四周的绿宝石，
闪亮在西方，
鹅黄色的香水月季
向我惨淡地致意。
草原的羊群
奔向我点燃的灯火。

在我的呼唤中
迢远的狼群长嗥。
我碰掉了蜡烛
悲痛地哭泣：
“那可恶的魔鬼，——
奸诈的引诱者，——
难道不是你曾对我悄悄说，
我是新生的救世主？……
哦可恶，多么可恶！……
谁都听不见我……”
患了肺痨的胸膛
呼吸伴随着抽搐。
浅绿色的宝石
闪亮在西方。
大理石面颊上
鲜红的芍药花。
泪水涟涟，恰似
断线的珍珠。

荒原上疾驰着
受惊的马群。

1904 年 8 月
银井

致勃洛克

1

独自，独自在山间。我寻觅着你。
冰冷的云朵中漫不经心的梦呓。
我的心中
致命的悲恸。

我拄着手杖，伫立于山巅。
我虽笑着，但心如此痛楚，
不禁
嘲笑起梦想。

哦，我金色的王冠如此沉重！
我是多么疲倦！……而远方依旧辉煌。
黑夜里
我吹响号角。

我曾与你们一起。明媚的远方
阳光把奇异的云染成金色。
我把你们唤醒，
但你们仍在酣睡。

我曾与你们一起。忧伤又超然。
我的声音四处回响。
你们所有人
都把我嘲笑。

我离开，在群峰之中。
独自，独自。等待着意外的神迹。
独自，独自
伫立在暴风雨的昏暗。

仿佛周身赤焰。我等待，等待着你。
再次，漫不经心地伸出双手。
我的心承受着
致命的悲恸。

1901 年 9 月
莫斯科

2

光辉的新郎
出现在遥远的山巅。
他独自伫立，
在高悬于大地的高峰。

曾不止一次地传来
尘世统治者降临的消息。
黎明时分，
神之启示再度燃起。

山巅之上
唯有阳光穿破云层，
他伫立着，仿佛先知，
身披紫红长袍，自由，又雄壮。

他走来。王冠
映出鲜红的霞光。
那——加冕的牛犊，
新生活的天主与创造者。

1901 年 5 月
莫斯科

3

我注定沉默。
要说些什么？
我难以忘却痛苦。
亦不厌倦爱情。

呼唤着我们
无休无止……
该我们了……
穿上紫红色长袍
戴上四个荆棘的花冠。

我濒死的，
游离的目光，沉浸于爱情
与火焰。
噢，靠近我吧——
山脚下，我倒在
血泊中，张开双臂。

我在深渊之上踉跄
跌入深谷，那里溪水潺潺。
沉重的巨石，呼啸着

忽然把我击倒——
沉重的巨石，呼啸着
砸向我的鬓角。

铃兰丛中——
枯萎的，血红色花朵……
冻僵的口
忽然不再因痛苦而颤抖。
别留下我，朋友，
别忘记！……

1903 年
莫斯科

爱

静谧时分。脚边波涛喧嚣。
你笑着，向我道别离：
“我们会重逢……再见吧”
你我都知晓，这是谎言。

那一夜我们永别。
彤红的火光映照天际，
航船的帆鼓满了风。
海面传来海鸥的鸣叫。

满怀忧郁，我极目远方。
帆船在霞光中时隐时现，
隐没于浪花碧绿的泡沫，
宛若白天鹅，舞起翅膀。

他奔向杳无边际的远方。

在淡淡金光的天幕下

云雾骤然升腾

闪耀出紫水晶般的光芒。

1901—1902 年

莫斯科

《灰烬》

此书献给涅克拉索夫

一年年——精力在衰退，
思绪愈发倦怠，血液渐渐发凉……
祖国一母亲！我就要走向死亡，
你的自由我难再指望！

但即便死，我也想知道，
你会踏上正确的路，
你的农民，播种土地，
有明媚的日子可期望；

但愿在耳畔只有
来自故乡村庄的风，
但愿再也听不见
人们血与泪的沸腾。
（H. 涅克拉索夫）

绝　望

献给吉皮乌斯

够了：别再等待，别再指望——
散了吧，我苦难的人民！
去坠入那空间摔个粉碎，
痛苦的岁月年复一年！

贫穷又柔弱的年代。
请允许我，啊祖国母亲，
在你潮湿、旷远的辽阔上，
在你的辽阔上哭泣！

那里，驼背的原野，——
矗立着翠绿的橡树林
高扬的树丛随风摇曳
没入朵朵铅色的云。

"惊慌"在田野上徘徊，
将手臂般枯槁的枝举起，
穿过树叶茂密的枝芽，
风的呼啸声伴着尖厉。

在那儿，你疯狂的小酒馆，
冷酷的，金色的眼睛
在交错的山峦上高悬，
暗夜中窥探我的心灵，——

去那儿——不祥的车辙
穿过疾病与死亡，——
俄罗斯，我的俄罗斯，
消失吧，消失在一片空旷！

1908 年
银井

公　路

致 Д. В. 菲罗索夫

闷热的傍晚时刻
喧嚣的城市在我身后。
风灌进敞开的衣襟，
为我献上清凉的亲吻。

远方蜿蜒的公路
在广阔的空间绵延，直到消失。
只有灰色鹌鹑时隐时现，
飞起，又钻入麦田。

寒鸦散落在天际。
村庄的灯火明灭闪烁。
我走着。不远处的岔路口
挂起木棒。

幽暗的影子成为
日子忧郁的纹路。
我环抱双膝，坐在
路边的巨石堆上。

暗影闪动交错于
灰暗的戒指。
我的脸上映满
条纹栏杆冷峻的数字。

1904 年
叶夫列莫夫

从车窗看去

致埃利斯

火车在哭泣。遥远的家乡
绵延着电报网。
掠过露水迷蒙的田野。
我掠过田野——奔向死亡。

我掠过：如此空旷，如此荒凉……
掠过——每一个角落，
掠过——天地间万物，
掠过——无尽的村庄；

小酒馆，教堂和孩童，
在大地怀中昏昏睡去；
那里——成片破败的木屋，
那里——成群赤贫的人民。

俄罗斯母亲！我为你歌唱，
沉默中威严的母亲！
让我为这浪荡的一生
更加低沉地啜泣吧！

火车在哭泣。遥远的家乡
绵延着电报网——
在你那冰冷的旷野上——
暴雨摧折中呜咽的秋季。

1908 年

电报员

致 C. H. 维利奇金

雾气弥漫的十月。
冰封四野。
一大片枫叶，
在风中盘旋，飞舞——

落在窗边
又奋力再次腾起。
窗边的电报员
嗒嗒敲响电报。

公文纸上写满符号。
用手转动
令人厌烦的轮盘，
而思绪——已飘远。

病中的女人侧过身，
此时——不吃，也不喝
无数纷飞的电报
把她紧紧束缚。

窗下矮小的灌木丛。
目光匆匆掠过——
一行行忧郁的枕木，
伸展向无尽远方。

车厢，包裹，帆布
与落日的余晖……
电报机嗒嗒作响，
伸出一条纸带。

沙地消失在
远方潮湿的树林，
目光中
微微闪动着火光。

那里的道路勾勒出空间。
用手转动
令人厌烦的轮盘，

而思绪——已飘远。

孩子们在学校打架
他们没有书本（无处得到!）
只有二十五个卢布
全家怎能轻松过活：

用二十五卢布——
买衣服，桌子和房屋。
在那潮湿寒冷的地方，
伸展吧，我的小屋！——

目光再次触及远方：
秋日湿润的烟雾，
弥漫在昏暗的旷野上，
仿佛银色细雨飘洒。

拱木边的辕马，
低声呜咽在轨道旁，
受了惊的车夫
向空中呼喊。

夜晚在山坡上

放下斑驳的栏木杆：
车夫向着无边旷野
车夫敲响铃铛。

窗边，枫树叶被洗濯，
洗濯成殷红色——
回家吧！妇人长吁短叹，
坐在屋中无所事事，——

这一次，这一次
鼓胀着肚子！……
回家吧！田野上响起
火车飞驰的汽笛；

窗边灯火涌起——
一束转瞬即逝的火光
透过细密的烟雾
闪烁在额前。

列车呼啸而来。
向他们吹响号角。
轨道灯闪烁着
绿色，绿色……——

冰天雪地里，
他穿着破旧的衣服，
站在月台，独自——
在幽暗的夜中俯身。

泪水氤氲了视线。
冻僵的四肢——酸痛不堪。
小雨噼啪地敲打
潮湿的遮雨板。

（立起衣领）前去
值班——筋疲力尽。
远方的县城，
在黑夜中灯火闪烁。

整整一夜，他用手指
敲击着电报机的键盘。
飞蛾向他轻轻颤动，
宛若纸做的表盘。

浓雾弥漫的黑夜
他在河谷边——

看见，鲜红的
信号旗在挥舞。

他俯下身，叹一口气；
对着公文纸打哈欠，
隐没于一片虚无，
跌落永恒的梦境。

空间，时间。上帝
与生活，生活之目的——
铁路，
与寒衾。

无聊的白日，
无聊的白日
与无聊的黑夜
相交替。

悲凄的夜中
枯黄落叶的呜咽，
十月冷冽的凄雨，
不时敲打着玻璃窗。

水塔上
只有灯笼在闪烁。
松木别墅中
只听得到哭声。

一位中年女子
戴着轻柔的薄纱头巾
用钢琴弹奏出
悲伤的旋律。

1906—1908年
银井

车厢中

致 T. H. 吉皮乌斯

宪兵，和搬运工的，
眼泪与倦体。列列车厢——
从站台平稳开动。
汽笛在远方拉响。

飞往，那空间，那辽阔的
田野，我的生命白白浪费：
别了，我再也看不见的——
别了，看不见的你！

走向，那遥远的悬崖
峭壁——灯火闪烁；
车轮从桥上隆隆驶过……
平静吧，我的心，平静吧！

飞驰向一个又一个地方，
飞驰：飞驰呀——飞驰。
无名者透过轻薄的面纱
冷峻地望向面庞。

她，俯身低语：用心
聆听不知所云的词句。
让田野上的蒸汽炉
溢满金色的火光。

让窗中火花般的蜜蜂
扑向那火红的蜂群，
白日中陌生的脸庞，
在阴郁的夜中黯淡。

窗框落下。
在窗内的混乱中——醒来：
站台——与肥胖的妇人
用纸板把我扼住。

背包，战士的行囊
转瞬即逝……明亮的
闪光，飞掠的车站

星星点点的绿色灯光!

1905 年

叶夫列莫夫

车　站

致 Г. А. 拉恰斯基

车站：灯火明亮的小店里
一个老年人
对着热气腾腾的肉饼
晃动着他的肩章。

同行老妇人亲切地耳语，
抻平她裙间的腰带，——
娇俏地摇晃着
手中精致的提包。

那里——他沿着
大路边的灌木丛徘徊。
邪恶的信号灯
眨动着绿色的小眼睛。

严寒冻僵了他的胸膛，
无处可去——
趴下吧！趴在铁轨上，
在火车头旁！

无人注意，
也无处觅食。
那里——火车站闪烁着
月台的灯光。

从食堂走出
自由地散步。
在铅灰的雨幕中紧拥吧
在窗边颤抖！

四周阴雨绵绵，
昏暗敲打，敲打着他们！
未知的一切，在不祥的夜
紧紧附住他们的窗户。

那里，那里——大路
延伸向远方，
双眸在黑夜闪烁，

那里黑暗又空旷。

独自……在岔道边伫立。
自由的道口。
低矮的灌木丛散落着
红宝石闪烁的星光。

他退回枕木边
靠近滚烫的火焰：
铁皮车呼啸而过
轧过噼啪作响的骨骼——

那里，那里——大路
延伸向远方，
那里双眸闪烁在黑夜，
那里黑暗又空旷。

这一切：灯火明亮的小店里
一个老年人
对着热气腾腾的肉饼
晃动着他的肩章。

这一切：——在仆人中间

吸着亚美尼亚雪茄
烟轻盈飘落，——
大口吞咽着甜浆。

四周阴雨绵绵，
雨幕敲打，敲打着他们！
未知的一切，在不祥的夜
紧紧附住他们的窗户。

1908年
银井

夜　晚

尖叫，呼啸，落雨，噼啪，
枯枝沙沙作响。
太阳低垂，黯淡，熄灭，
坠入柳树丛。

浇灌后的干旱麦田
枯萎着泛起细碎波浪。
稻草间，谷糠间，
摇摆的垂柳间——

因闷热而干涸的村舍，
用邪恶的双眼望向
夜晚陌生，寂静的
农田——

混沌的思绪中远眺天空，
脊背愤怒地佝偻：

那农妇挑起扁担
走出木屋；

年迈的祖父
坐在破旧的粮仓边。
昔日的风依旧
吹拂着古老的农田。

幽暗的影温柔地
吞噬着麦田，
谷粒噼啪掉落；
窃窃私语——无人懂得：

尖叫，呼啸，落雨，噼啪，
枯枝沙沙作响。
太阳低垂，光线黯淡，熄灭，
落入柳树丛。

一排小木屋
摇摇欲坠，
仿佛一群苍老的
疯癫老妇。

1908 年
叶夫列莫夫

罗斯的欢愉

拿起一个又一个水壶——

饮下滚烫的水。

酒也喝够了——

我。

舞也跳累了——

我。

助祭，文吏，牧师，诵经员

涌向草地。

哎嗨——

有罪的人！

哎嗨——狂笑的鸡！

迈着大步跳起特列——特列帕克舞：——

来吧——来吧——来吧，心灵，特列帕克舞：

草地上，田野间，
树林里，特列帕克舞——
跳起来吧！

步子踏着步子迈向四方，
来吧——来吧——来吧，沿着大路——

踏起步子！

在那思索着什么，等待着什么：
喝个够吧，吐吧——吐吧：
吐吧，脚步凌乱：
尽情欢乐，尽情吃喝。

术士，神甫——
吹吧——吹吧——，吹起我的口琴！

助祭在跳舞——
助祭，助祭——
教袍在挥舞——
助祭，助祭——

什么是，助祭，死亡？

——“是什么？这是：
鼻子——陷进水洼，脚后跟——踩进大地……”

……

原野上的木杆——
在风中四散，——飞舞——

挥动起树枝
噼啪掉落草丛。

草地温柔地摇摆
如碧绿的波浪。

我亲爱的祖国上
升起了死亡。

1906 年
银井

苦　难

落日低沉。
风在低吟，
徐徐，吹散了
茫茫烟雾。

小男孩，从村口的栅栏
溜进村庄。
茫茫雾色中
他叹息，祈祷。

男孩走进隐修院；
苍白的双手叠在胸前：

“我的苦难，——
苦难啊，苦难
你别再，

跟着我向前!”

猩红又邪恶的眼，黯淡。
苦难折磨着
胸膛，
而前路
漫漫。

苍白的双手叠在胸前：
他无处
可去：
“苦难啊，苦难
你别再，
跟着我向前!”
　　落日低沉。
　　风在低吟，
　　徐徐，吹散了
　　茫茫烟雾。

农舍绵延不断。
男孩在村庄
徘徊。
歪嘴的庄稼汉

说道：

“来吧——
来我们的小屋！
给你——
饭和菜汤……”

——“不必了：
我去沃罗日涅。”
——“别走了：
你会沉入河底。”
——“不必了：
我要去往基辅。”
——“来吧——
来我的小屋：
高声歌唱
直到大醉酩酊。”

——“不必了：
我将去往首都。”
——“你去往首都：
会被处以绞刑……”

地砖的花纹仿佛张牙舞爪的数字，
交错的石头刺痛路人的双足。
旧时蓬乱的云，游走天际。
多刺的木棒扎入苍白的身躯。

漫漫长路：——
时光飞逝。

苦难的足音
与我们如影随形。

“你完了！苦难！
滚吧！”

自由地奔跑：
跑过山冈，村庄，
辽阔的田野，
与稀疏的灌木。

霞光染红了天穹。
……
无论来自潮湿
或是阴霾

沉重的苦难不会再出现！

1906 年
莫斯科

罗　斯

我赤贫大地上的旷野
那里充满了悲伤。
远方空旷的平原啊
耸立起，耸立起山风！

一团团渺远的烟雾。
与片片四散的云烟
浮动在远处的村庄。
辽阔又饥饿的外省。

绵延不断的辽阔中：
空间连缀着空间。
俄罗斯啊，我该跑向何方
逃脱这瘟疫，醉酒和饥荒？

饥饿与寒冷曾经，

也让无数人丧命。
缓缓起伏的山坡，
悲哀地等待着亡灵。

那里，死亡的号角吹向远方
向着森林，城市和村庄，
向着我赤贫大地的旷野，
向着辽阔又饥饿的外省。

1908年
银井

祖　国

致 B. П. 斯维基茨基

依旧是露水、山谷与迷雾，
杂草丛上升起鲜红的太阳，
林间沙沙的草地愈来愈冷，
饥饿又赤贫的人民；

辽阔大地上，自由——与奴役；
铅灰色的酷寒远方，
寒冷的旷野把我们抛出——
向我们高呼："死去吧——

像万物那样死去……"停止呼吸，
也听不到致命的威胁：——
只听得见那绝望的呼喊
和呜咽，诉怨，与泪水。

风依旧送来呼喊；
依旧是贪婪的死神
山坡上用镰刀收割着，
山坡上收割着人民。

不幸的，冻僵的国度，
被残酷的命运诅咒——
俄罗斯母亲，啊不祥的祖国，
究竟是谁在与你开这样的玩笑？

1908 年
莫斯科

相　遇

致谢尔盖·索洛维约夫

旷野中矗立着
一排茅草覆盖的小屋。
他独自一人，
安静地躲避。

洗濯后的柳条
在簇簇稀疏的绿意间，簌簌低语。
一群蜻蜓盘旋飞舞
被闷热的水雾洗净。

洗吧，在瓦罐和木盆之间
一头猪在刨地。
那门框上鲜红的
印花布愈发鲜艳。

披散的发辫染上红色，
金色发带星星闪光，
绿宝石般贪婪的目光，
绿宝石般飞溅的海浪。

挂起的旧衣服之间
双脚踩踏着污泥。
向拴马的木桩
撒一捧过了筛的谷糠。

暗淡的蛋白石项链
戴在胸前。
篱笆旁——矮檐边——
激昂的哨音。

密语的激情消失于
颤抖的唇间——
消失于浅粉色，与绛红色的，
甜蜜的花瓣。

稻草棚下
柳叶洗濯干净；
绿宝石般的夜空中，

一轮弯月高悬。

1908 年

感　觉

夜幕降临
小男孩缓缓走过村庄。
面庞上洋溢着喜悦。
田野——就在眼前。

他洒脱地把帽子
歪向一边，
黑暗笼罩着大路——
和虬曲的树桩。

小男孩，转弯离开道路——
孩子，离开！
去靠近那幽暗的山脉，
河谷与树木。

那里忧郁的田凫

在那里飞向高空。
不久前与你相爱，相拥
的村中姑娘——

在风铃草间，在丁香丛中
胸膛紧贴着胸膛，
环绕着丝般的小草，
环绕着蜜意与花香。

可为何你忽然懊丧地垂头
仿佛嗅到了死亡？
蔚蓝的苍穹下
柳枝孤单地摆动。

夜色将至。太阳低垂。
云朵中——闪烁着火焰。
小男孩，离开吧——快离开，
孩子——离开吧！

1908 年
绥达河

村　庄

肩膀在颤抖，剧烈地颤抖，
她在夜里呻吟，——
窗边的茎秆上
晚熟的麦穗喁喁低语。

“你熄灭了，可恶的光芒，——
永远地消失于黑暗！
不，不要从坟墓上腾起
我的雄鹰：阿门！

日复一日，岁月流淌。
手指上的戒指滚烫。”
一团黑压压的飞蝇
飞扑到你的脸上。

窗边的茎秆上

晚熟的麦穗喁喁低语。
肩膀在颤抖，剧烈地颤抖，
她在夜里呻吟，——

老人坐在窗边
拥抱着爱人：
“给你一枚金币，——
和我一起睡!”

而手指愤怒地敲打
银色的门框。
“走开”，——浩瀚苍穹
仿佛绿色的闪电。

“你，修道院，虔诚的信徒
才能进入这里!”
而毒蛇飞腾向天空，
如盘旋而起的光圈。

1907 年
莫斯科

绞刑架

岁已暮年，我用酒
让全部生活松弛下来。
我曾多少次抢掠过什么，
已不记得——不记得。

在铁栏杆旁
一切都睡沉了。
当他随即走来
拉紧了绳扣。

那里的橡树桩，此时
埋入光秃秃的山丘。
高歌吧，愈发响亮！
飞向远方吧，目光！

我什么都不信——不相信……

很晚了：到时间了；
脚步，——脚步声来到门边；
门锁嘎吱。

军官呼唤押送队伍：
“拔出军刀！”
山顶燃烧着
正午炽热的阳光。

到来了。干燥的尘土
随风卷向高空。
神甫用金色的长巾
把我遮盖。

寒冷至极
我在胸前画下十字。
多少次，我曾自由地走过
这片广阔的土地。

多少次，我仿佛野兽，
在深谷迎接白日，
我精准地掷出火石
带着羽毛的哨音。

多少，多少啁啾的飞鸟。
环绕在村庄四周。
多少，多少村妇
摆动着裙角。

他们熟练地系紧绳索。
血液已冰冷地凝结。
绳扣已经搭好。
“嗳！不要反抗!”

脚下——干枯的树根，
死亡——就近在咫尺。
绞刑架，升得更高吧
向那蔚蓝的苍穹!

绞刑架前：我眯着眼睛，——是否在
混沌地思索。
绞索中伸出
我血红的舌。

1908 年
银井

残疾人

远方传来呼喊我的声音，
说我的鼻子很长，说我冷峻的目光，
说我仿佛一只蜘蛛
拄着奇异的橡木拐杖，
说我无法逃离的命运，
和我无神双眼中的不祥，
说那些散乱的袋子
前前后后堆放……
上空是如此寂静
花斑啄木鸟敲击着树洞……
夜一般的眼，蜡一般的额；
心中——是猛烈的毒药；
睫毛上挂着晶莹的泪珠；
撇撇嘴以示威胁……

急速消逝的霞光中

青葱的橡树微微弯腰
微风轻柔的歌声
缭绕在街头路口，
蜘蛛毛茸茸的腿上
银色闪光斑驳交错
蝴蝶飞舞其中；
我颤抖的双手
拉拽、撕扯着蛛网……
而心——沉浸于春日的忧郁：
陷入回忆。

我偷偷窥探着柔软的青苔，
覆盖着落叶，和轻薄的绒毛，
蓝色花丛中的孩子们
在那里扯断苍蝇的翅膀，——
拐杖向他伸去，
他不禁大声喊叫，
怯懦、病痛缠身的我——
逃往——鲜花盛开的沙地
又钻入倒地的枯木
身无分文地，逃亡。
我依旧孤独。摘下
我那柔美的，蓝雪莲花，——

怯懦而恶毒的词句
从远方接连传来，
说我仿佛一只蜘蛛
拐杖吊起我的肩膀，
说我安静的妻子，
垂下头，与他们交谈，
当她在花坛旁，
顺从地死去，
在夜晚死寂的黑暗中
在年迈的——蜘蛛般的——丈夫身旁
她在那豪华的卧室中哭泣，
日复一日，她疲惫不堪，
当一切变得忧郁悲伤；——
当丑陋的驼背
与她同床共枕，
当，她难以忍受自己的命运，
藏起一瓶毒药，
于是……

步履那样艰难。
那里，池塘上——水晶
蜻蜓，窸窣作响。

晶莹的泪珠挂上睫毛；
我颤抖的心。
枯枝在夜里噼啪折断。
我依旧孤独。摘下
唯一的，那朵雪莲。

1908 年
莫斯科

春日的忧郁

我独坐在春日的柳树间。
坐在哀愁之间：悲伤，又惨淡。
头上白雪覆盖的镰刀
在一片蔚蓝中忧郁地高悬。

曾经的日子：远方的朋友，
我们曾在繁茂的花园中徘徊。
沉默着：而温柔的手指，
颤抖着，紧捏百合的茎秆。

我们沉默着。黄昏时分
大钢琴在旧屋中哭泣。
黄昏时分你引领着我，
沉浸于倦怠的温存，

向着摆动的金合欢，

微微闪动的绿色光芒，
美人婀娜的白色剪影
在路边渐渐明晰。

虚幻游戏的影
投在坚硬柱台上。
大理石兽面被扔进
银光蜿蜒的池塘。

宛若苍白的雪，我独自坐在
纤弱的柳树间。于忧郁中徘徊。
独自望着，春日的垂柳
在一片蔚蓝中闪烁，飞舞。

1905 年
莫斯科

感　觉

我独自一人，等待着什么?
心已远离了欢乐……
苍老的妇人——母亲垂下头
戴着轻薄的风帽，——

在被割断的青蓝色
葡萄叶枝蔓旁……
寂静的花园深处
传来沙沙脚步声。

窸窸窣窣：林荫路的影中
丑陋的驼背者拄着拐杖，
在颤抖的杨树旁，
树叶闪动着光芒。

一切都在窥视我，

偷偷地小声嬉笑……
我沉默地伸出双手
向着冰一般的高空。

1906 年
莫斯科

忧　郁

致希克

黎明将近，餐厅变得空旷。
美人抖动她的绸缎
沙沙作响。风琴发出怒音。
侍者把碗碟弄得叮当。

房中。我仿佛幽灵，
在生活昏暗的网中徘徊不定。
金色的日子就要降临
这一切都撞上窗户，

手指穿过煤烟，
镜中钻石般的光亮……
那里——煤油灯
用炽红的眼看向窗外。

大地升起一团煤烟，
在城市与街道上空飘荡。
一曲无人应和的咏叹调，
从头顶飘向远方，远方……

在忧郁中经历生死，
也不曾大哭号啕。
那里——轻盈的花边饰带
在房顶上映出闪光。

瞬间，光影绵延，
明黄的灯把一切照亮。
那里——镜中双影伫立
那里——仿佛是一个剪影——

靠近我，向我示意，
在无穷的苦痛里，
在镜中，在明亮的深处，
打断我伸直的手臂。

1904 年
莫斯科

绝　望

致 E. П. 别佐布拉佐娃

欢愉的，闪光的冰晶。
而心——宛若凝结的冰锭。
让暴风把白花狂乱吹散，——
怒号着；展开它的风旋。

雪絮翻涌，纷纷洒落，
仿佛暴风中抖动的纱巾，
狂风肆虐在额前，
暗夜中大笑旋转。

同胞兄弟把我追赶；
他在栅栏边闪过，
又溜过绵延不绝的
冰冷街道，骤然消失。

停下吧，心灵——平静下来！
闪耀吧，纷飞的雪团！
刺向天空吧，磨利的锃明长矛
成为一枚灯盏！

渐渐熄灭的黯淡白日中
未完的歌声余音不散，
舞动吧，在大街光滑的石板上
闪光的星星火焰！

1904 年
莫斯科

宴　会

致 C. A. 波利亚科夫

人群离开工厂，
隐没在空旷的远方。
黑夜中旗帜在头顶飘扬
仿佛翻涌的血色波浪。

我们走着。年轻、鲜活的
美人儿拍打着翎羽。
而子弹在孤独的马车上空，
发出刺耳的哭泣。

以它毒药般的欢愉
金黄的葎草将我们灼伤。
而那里——倒塌的街垒上空
弹片坠落。

水族馆中我与她调笑
轻浮又字字珠玑。
在疯狂的赌轮上，
暗影中我的侧脸低垂。

芳香的雪茄
在颤抖的指间，
忽然把呜咽的吉他
猛烈地按向胸膛。

宽阔的桌子周围，
在拥挤的纵酒人群中，
年轻的匈牙利女人忘我旋转，
沉醉于激情的卡丘查舞。

绸缎般黑亮的眸子中
炽热的火焰烈烈燃烧；
旋转着——轻柔的绸衣
随她飞舞，宛若绯红的云。

年轻的军官并不慌乱，
愤怒地把佩刀砸向地板，
当厚重的窗帘拉开，

一束血红的霞光吞没了我们。

我靠在桌旁哭泣，
预见了残酷的命中注定：
“在敞开的深渊之上
欢闹吧，醉酒的朋友。

太阳即将升起；
工人们举着旗帜到来：
无尽的漫漫黑夜
笼罩我们的疯狂。

明早机关枪将喷出火星
射向，无数愤怒的胸膛；
黑黝黝的罪恶炮口痛哭着，
低沉的轰鸣隆隆作响。

而暴风雪阴沉的怒吼
死亡之舞让我们聚合，——
明早，冰冷的白色裹尸布
将缠绕着，铺在尸体上，
我的朋友……”
在醉酒的狂喜中

掷下赌注；
又扔出一百卢布；
张张纸牌纷纷散落。

而输得精光的赌徒，我
起身：带着无法战胜的威严
在地板上迈动双腿，
跳起疯狂的阔步舞。

四周笼罩着阴郁的光芒，
苍白面庞上凝结着
黯淡又死寂的悲伤，
夕阳那垂死的光斑——

射入不透光的玻璃。
白日惨淡而羞怯地张望。
啤酒的泡沫变得浓密，
和拔出软木塞时的砰砰响。

1905 年
莫斯科

责　备

你温柔地拖着薄纱裙摆，
如一阵烟，沿着石板铺展。
你穿着银白的波纹绸衣，
仿佛无精打采的雪白假人。

那里我的人民——流离失所；我
苦难的人民饱受耻辱与奴役。
我铅一般的目光让你感到沉重。
当你沉醉于亲切的瓦朗谢纳。

田野上我铅石般沉重地呼吸。
你——宛若薄纱中天国的神话
用纱裙使我的胸膛沾满灰尘，
镶满玻璃珠的束胸让你俯下身。

这轰鸣是否将你的心摧残？

你沉默着，轻轻绾起一绺鬈发。
为你的欢笑痛哭，仿佛喷泉，
溅上你戴着珍珠的胸脯。

你把发暗的大理石纹把手
弄得布满灰尘。你可否听见？
白绒毛随风摇摆，
芬芳的落绒向我扑面而来。

1909 年
银井

纵　火

独自，举着点燃的火把，
来到迷雾中酣睡的小屋。
沉重的悲伤，仿佛皱纹
刻在他苍白僵死的前额。

点燃草纸。火星飞散，
宛若灼热的蓝色蜜蜂。
他锁住城堡的大门，
周围是幽暗冰冷的树林。

夜半时分，队伍从
潮湿又颠簸的路上掠过；
闪烁着金光的头盔上
火把冒出奇异的烟火。

薄雾笼罩着弯弯的月牙。

水晶般的冰雹噼啪坠地。
从一道道灰白的急坠中
露出一片昏暗的洼地。

冰雹砸向 前额。
从空旷的街道走过……
瞭望台上，迷雾中升起
一颗红宝石般的星。

1905 年
彼得堡

在街上

我从昏黄的烟雾中穿过
奔跑着，松开手中的伞。
向着火热的天际，
工厂烟囱冒出浓烟。

我为您献上乐曲——
机器隆隆的轰鸣，
烧得通红的炉嘴！
我独自——献上一切。

四轮马车尖厉的笑声
在结冰的桥上呼啸而过。
低垂的头颅，依偎着——
依偎着铁铸的栅栏……

阴沉的苍穹下旋风狂舞

缠绕成一个落雨的线团；
槭树用它殷红的叶子，
拍打着铁锈的栏杆。

蜷缩着，颤抖着，笼罩着
遍野泪水中的祈祷。
冷冽的毒烟中，
升起干枯的木杆。

1904 年
莫斯科

酒神节

纸盒里黑色的面具，
与火红的长袍。
桌后那束玫瑰，
纤弱的茎低垂。

干杯，又无言，
把山茶花插进礼服的
纽扣孔，闷热幽暗
的夜，在窗边放声大笑。

那里——石头飞檐下
温存着黎明前的柔情。
披上丝绸般鲜红的
法衣，戴上面具，

扮作死人……

嘶嘶泛起泡沫的酒。
两个小丑，把鲜血淋漓
的棺材，慌乱地拖进屋来。

在他苍白的额上，
小丑俯身画着十字——
把那半边的面具
用锤子钉上棺材，

独自一人——吹起木笛
我为逝者哭喊，哀号；
其他人——用花朵
编织他梦中的山茶。

当长鼻的执杖者，
将手杖刺入他胸膛。
炽热的水滴，就落入
斟满酒的容器。

1906 年
慕尼黑

折　磨

新娘花冠又一次
闪耀在她的头上。
我缓缓跟在她身后，
马车上是狰狞的亡者。

她那圣洁的美丽
宛若流星罪恶的闪光。
我身处寂静的虚无
从洼地向她投去目光。

她向我抖动婚纱
乞求回答，
她的双眸溢满，
往昔岁月的回忆。

我用帽子盖住颅骨。

又把毛毯披上肩胛。
当我随他们走入家中，
面色苍白的新郎眉头紧蹙。

他明白，与她结婚的
并不是自己，而是一个死人。
沉默中怒火占据了
他苍白而愤怒的面庞。

我向她俯身，带着往日的柔情；
她又一次看见，也听见：
那带血的白色尸布，半张面具，
听见：热烈而混沌的乐曲。

当我——这位昔日的朋友
从簌簌的褶皱中向她俯身。
她多么厌恶
睡在身边的丈夫。

1906 年
银井

葬　礼

工人们走在金色的霞光中。
鲜艳的旗帜翻卷，招展又飞扬。
在铁格子高处的灯上，
从屋顶
挥舞着
手帕。

暮色降临。
银色的新月，
缓缓升起。

人群蜿蜒如一条黑色丝带，
龙骑兵奔驰而过。

沿着栅栏，街道；——沿着花园。
铁格子上空，——

左轮手枪
密集又短促的
嗒嗒枪响。

子弹呼啸，又坠落……
耀眼的闪光
顺着马刀刺耳地升腾。

葬礼的旋律渐渐低沉。
子弹哭泣着坠落。
一面新的血红旗帜——
在那里，被抬向远方。

1906 年
莫斯科

死寂的人群上空……

死寂的人群上空
只有你还未入睡，直到
意志的石塔中
生锈的铁链哗哗作响。

而你的额头，额头上
沁出血色的汗珠。
双眼透过灰蒙蒙的玻璃——
举目——望向高空。

绿松石堆满窗棂，
空中溢满金光。
白日——如珍珠——眼泪
从日出流淌到日落。

那里时而飘洒朦胧细雨，

时而——天空映蓝了草原。
而这里的你，被囚禁的统领，
生锈的铁链哗哗作响。

让清晨，黄昏，白日与黑夜——
都消失——光线透过窗户：
都消失——看啊：他们飞逝而去。
一切依偎在窗边——一切沉沦于永恒。

1907 年
皇村

夏 园

餐厅上空一束焰火
宛若涓涓水流，升腾。
房内孤独的老者
把身后的孩子向外拖。

赤裸的马背上
泛起薄纱般的汗珠，——
疾驰着——沿着夏园的广场。
疾驰着——奔向我，又把我追逐！

马背上的骑手——
挥舞着马鞭噼啪。
看啊……魁梧的侍者
捧着醉人的香槟跑来。

捧上泛着泡沫的酒杯……

有人在人群头顶高举
赤红色长袍的双翼——
奔跑吧，我迟缓的双足。

沉重的巨石将玻璃击碎——
那块玻璃以耻辱换回。
假面后的人重现于
那枯朽的，垂死的生命。

惊恐与哭喊乱作一团。
屋中的大火已经熄灭；——
老人来不及扣好衣服
匆匆跑出房间。

坠落——直到陷入怅惘
在微风徐徐的水池旁——
伸出干枯的手，递上
一杯泛着泡沫的葡萄酒。

一声惊呼，闪光的钢匕首，
刺穿了他的胸膛。
上空低垂的丝绸，
飞溅着滴滴血红的光芒。

寂静的多米诺：又一次，
绸缎面具的双翼飘扬起来，
匕首的血迹已经擦干，
围着花园跳起舞来。

1906 年
银井

走　过

我把灯笼
递给疲惫的兄弟。

在琥珀般的日落中笑着，
采摘芳香的薄荷。

我用金色的火光
照亮悲伤的道路。

我与可怜的人们共进晚餐
在简陋的桌旁。

你们
拔剑向我。

刽子手，

你们把我折磨。

那发黑的血液，仿佛树脂
在伤口凝固。

而旧日的伤痛
难道已经遗忘？

烟气腾腾的树脂闪闪发光，
顺着窗檐流过。

你们跟随我，
轻轻触碰破旧的法衣。

——“痊愈吧，痊愈吧
我们阴暗的心灵……”

轻风从大地卷起树叶
传至耳畔沙沙声响。

寂静又荒凉的天际。
黎明未至的苍穹。

哦，死神

为何你不把我带走？

1906 年

慕尼黑

在田野

我遗忘。我奔跑。我无拘无束。

烟雾昏沉的远方大雨茫茫。
寂寞，又凄苦的田野，
孤零零地延展向远方。

不害怕也不痛苦，更不哀伤：
如此折磨——我倒在血泊：
成堆沉重的碎石，
压垮了我的骨骼。

我如白昼般闪亮的脸庞，
出现在不祥的阴雨天。
让沟壑的棱角，把我
黑暗，单薄的影子割开。

让那多刺的，鞭子般的枝条
把我的衣服撕扯。
霞光冰冷的吻
就在褴褛衣衫上安卧。

辽阔的田野上，我静静地
用多刺的荆棘编织花环。
渺远的小农舍上
升起昏暗的袅袅炊烟。

风，我哭泣的兄弟，——这里寂静无声。
你向我泼洒着倦意。
脚下干燥的荞麦，疯狂地
闪耀着明丽的光。

1907 年
巴黎

致母亲

我离开荒凉的墓地。
谁都没有遇见——
谁都没有：只有一片衰败的灌木
把枯萎的枝丫轻轻摇晃。

我坐在墓地的石头上……
此刻我该去往何处？
把我消沉的激情——
这消沉的激情……——带向何方。

坟墓——让他们向我聚拢。
那天起一切都被遗忘。
就连她也不会与我相认——
那个或许爱过我的姑娘。

我以远方的黑暗威吓他；

敲了一会儿——他们关上的门。
而此地——破烂的衣服
挡不住冰雹和大雨。

不。——在心灵的墓碑下躲避。
墓地，亲爱的母亲，
你宛若子孙头上的破花环，
不会因呼吸感到疲惫。

1907 年
巴黎

田野上的先知

在岩石间我受尽折磨：
折磨这田野上的先知。
我向骸骨——那田野的墓碑——
泼洒芬芳的圣油。

身穿奔马的皮囊，
把狗的颌骨举上额头，
我的欢笑惊扰了四方，——
当一切消失：消失——远去。

辽阔的秋日田野上，
召唤的号角嘹亮地吹响，
阴沉的黄昏下，我威严的王冠
露出牙齿。

我以田野为家，以沙土为床。

沾满露水的草地上，烟雾是我的幔帐。
弓背的行人拄着木杖——
虔诚地坐在杂草丛。

漂泊的人，此刻我与你们同在：很快
朦胧的烟雾从你们身边飘散——
我——这哭泣旷野的守护者，
走遍伟大的俄罗斯。

1907 年
巴黎

安　宁

我在早春离去。
手中灯影闪烁。
夜幕像褪色的布
笼罩我双肩微驼。

而身上——破旧的披肩。
满心悲愤——无法呼吸。
紧贴在额前
一束带刺的荆棘。

向着结冰的玻璃
脚步迈出又停留……
恐怖的单人囚室中
那里——时间缓缓流逝。

不再挣扎，束手就擒，

我等待着命运的终了。
将死的奴隶变得疯狂
在那跳完死亡的舞蹈。

头戴小丑的尖帽，
身穿破烂的长袍，
他们在黄沙中尖叫，
他们在黄昏时哭号。

那里的夜——肃穆又静寂——
碧空中，却是烟雾缭绕，
空旷的屋顶上响起
珊瑚般血红的号角。

我嗅到春天的气息，
便逃出闷热的牢房；
青涩的月亮使人醉；
悠然地驻足于旷野。

黯然的日子对我闪烁，
有人轻摇柔软的柳条；
而狂舞的旋风向我
撒下结成乌云的冰晶。

我不抱怨闷热的居所，

也不会藏起自己的头颅。

我笑着——凝视远方：

点燃蜡烛的火光。

迈入潮湿的苔藓；

荆棘丛，荆棘丛：

刺入胸膛与肩膀——

刺痛了——蜡烛也熄灭了。

这就是我的蜡烛，蜡烛，

坠落——在泥中化为烟尘

鲜血在流淌，

从额前，从流血的双肩。

我躺下……睡意昏沉

宛若融化的，温柔的雪，

降落在我的胸前，

落在刚刚破土的叶上。

1904—1906年

莫斯科

滑稽戏

献给当代小丑

昏沉地排成队伍，
我们随意将他埋葬。
击打着哀乐的铃鼓，
跳起一支葬礼的舞。

我们戴上尖帽。忽然
跟在炽热的棺材后哭号
祭香透过光线，
开始在香炉中燃烧。

我们驱驶着灵车，
我们摇晃红色灵柩；
拉下尖帽盖住前额……
好似那可怜的小丑。

白发、盲眼的长者，——
带着刻薄又无言的问题，
扬起布满皱纹的面孔
上面粘着一只假鼻。

在干燥的灰尘中弯腰。
穿上一身破旧的衣物
他傲慢地赶赴远方，
伴着长号角的呜呜——

宣示官，预言着死亡；
那丝带般蜿蜒的路；
低沉号角上的音孔，
在广宇下号啕大哭。

送殡的行列穿过
街上垂死的队伍；
小丑卖弄致命的把戏，
微微摇动淡红色的——

山茶花：死者醒来，
向雾幕伸出双手；
戴上绚丽的

花冠，消隐于雾色：——

他在四周出现：
看看这——敲击窗户；
看看那——闯入教堂，
透过香的烟痕进入。

预示着死亡的号角，
他为复仇向上天祈祷：
低沉号角上的音孔，
在广宇下痛苦与号啕。

“你们以为，我死了——
可曾料到？我又与你们同在。
我要走近你们，用枯死的手
深深地威胁，诅咒。

你们以为——我是个傻瓜？……
我祈求，让七头的云
将沉重的闷雷砸向
狡猾、轻慢的人群！”

1906年11月
慕尼黑

在监狱

来看吧——我正徘徊在
多刺的荆棘丛间。
又重新坐回墙角
眼里——没有泪水，胸中——再无气息。

我注定活在这监牢。
哦，是的——监牢多么美丽。
我明白这一切。一切于我无异。
我不怕。凭我头脑的清晰。

是的——我曾高声咒骂
高楼疯狂地向上生长。
可流动的吻之霞光
流动的吻之霞光。

以我的祈祷，我的圣诗

迎接七头的云彩，
巨雷轰鸣突然打断
狡猾之心的空话连篇。

人们对我说，我——将死之人，
身患绝症，奄奄一息，
却仍旧凝望着喧嚣
钟楼的银光。

我在早春离去
用黯淡的，炽热的岩石
在远方建造出冰冷的
双子星，双烛台闪动着微光。

1907 年
莫斯科

清　晨

一团光。清晨：我重新感到自由。
拉开窗帘：隐没于钻石、火焰与琥珀的光芒
钟楼的十字架。我病了吗？哦不——我没有。
病榻上痛苦地举起手臂——一片银光。

在那紫色的霞光中，卷起风暴——在那紫色的风暴里。
听着，要明白：我已重生——看吧：重生。
我的棺材消失了——金色碧空中的金子。

他们抓住我，打倒我；在我的额头敷一块布。

1907 年
巴黎

安魂弥撒

躺在沉默的鲜红，
花丛中，——
包裹着粉的、紫的
和白的风信子。

缄口不言
抬起我的朋友——

在锦缎耀眼的
闪光间——

紫红色的
花束——

映着蜡烛残忍的
光辉。

来吧，各位客人，——
请低声吟诵：“主啊！”
去往前厅

雨伞和拐杖：

这——是我的四肢……

要听到我歇斯底里的狂笑——
那就献上金属般闪光的花圈！

葬礼，哭泣
在透亮的，琥珀色的灯光中：

再见了——
去那没有病痛，没有叹息
的地方！

助祭哼唱着，
把香炉敲得叮当：

“上帝啊！让你的奴仆之灵魂安息吧！”

忽然——
新娘，爱人，朋友
与那束紫红的花，

消失不见——
空余我一人。

透过沉默的鲜红
花丛——
白色与紫色的
风信子——
包裹着尸体——
撒向地狱的深渊。

1906 年
银井

灵柩边

她陪伴着我——
只有她。

春日的窗中。
湛蓝的天穹。
云朵飞扬。

教堂的钟声响起：
“叮当，叮当……”

我躺着，身穿黑色礼服，
面带枯黄——
枯黄的
病容；
瘦骨嶙峋的手中握着圣像。

叮当，叮当！

在灵柩里
寻觅我的命运。

灯火闪烁。
隐没在超然的
远方——
使我感到甜蜜。

未婚妻哭着，
在我苍白的额头画下十字。
她戴着透明的，
绉面纱的头颅，
低垂。

走向灵柩……

她依偎着我的胸膛：
我用冰触碰她的面庞。
手指上的戒指
闪闪发光。

叮当，叮当！

1905年
银井

致友人

致 H. И. 彼得洛夫斯卡娅

相信过金色的光芒
却死于太阳的利箭。
这世纪遍布我的思想，
却不知如何度过此生。

不要嘲笑垂死的诗人：
向他献上花环吧。
冬去夏来，十字架上
是我易碎的陶瓷花环。

褪色的圣像上
花枝已折断。
沉重的石板。
我等待着，是否有人摘下他们。

我爱的只有钟声
与夕阳。
我为何如此痛苦，痛苦！
我不是罪人。

可惜啊，到来吧；
我向你扔出花环。
啊，爱我吧，爱我——
我，或许，不会死，或许，
会醒来——

回来吧！

1907年
巴黎

三驾马车

欸，疾驰吧！矫健的马儿
蹄子响亮地砸向冰面：
装饰华丽的三驾马车
旋转又离开。

平原上裁出太阳的剪影，
微微露出红晕。
年轻车夫的腰带
在恢宏的火光中闪烁。

夜晚将至。明亮的
霞光染红了苍穹。
你的瓦尔代铃铛
抖动着叮当作响。

为冰冷的雪面

铺上火红的桌布，
五彩的金色使者
放出灼热光芒。

马儿站起。风渐渐平息。
是谁在走廊上相迎？
谁粗糙的脸庞上
愈发鲜艳的红晕？

坐在三驾马车里。微笑。
说道：“你好，年轻人！”
铃铛自由的欢笑，
再一次溢满田原。

1904 年

生　活

致伊万诺夫

这一生，我顺从地前进。
无法——转身，再后退。
生活是——已踏出的平坦
道路，飞扬着炽热的尘土。

是谁以芬芳的誓言号召，
深呼吸，号召走向甜蜜的远方，
要在平静的日子里，在丰收的庄稼上
精疲力竭，耗尽祭祀之血。

黄昏前，光芒四射的长矛
以他的赤焰刺破胸膛。
滚滚波涛中溢满了
吹拂而来的芬芳酒香。

仿佛夜晚的绿色霞光——
仿佛喜悦在歌唱，歌唱在胸膛！
晶莹又冰冷的雨滴
时而坠落在我头上。

整片田野——四周拱起的田野，
在一切的静谧中——我撞上：
盘根错节的枯茎，
当我坠落，到尖锐的长矛上。

1906 年
银井

忘掉一切

致冈瑟

我沉默着，说不出话。

也不应该说话……

在无人的海岸

我沉入梦乡。

朋友——沉默着，一言不发。

啊，听吧，听吧。

我们——大地上浮动着

落日的光辉。

轻柔的海面涌起

轻柔的气息。

你，我——同霞光
笼罩着白昼与暮色。

蔚蓝的天空中
我拍溅起风的浪花。

我对你说一件事，
又笑着——说另一件。

我饮下一杯红葡萄酒——
如同落日的忧伤。

曾经历，又忘记——
我早已忘掉一切，并不惋惜……

1906 年
莫斯科

流氓小调

很久以前我和他：
相识在葬礼上。

一副骨骼向我走来
经过了许多春秋与冬夏。

骨骼健壮，心单纯——
我们绕过墓地。

他笑着忆起
那日欢乐的葬礼：——

棺材一个个抬出来，
当牧师跟在棺材后：

鼻子冒烟似香炉。

敦实的车夫运棺木。

“安息吧灵魂!”
用木板把我们压住。

很久以前我和他。
滴答一滴答一滴答一噬!

1906年
银井

道　路

精准的步伐丈量
风景缭乱的空间。
沿着坚硬的石板路
马车轰隆隆，轰隆隆。

铃铛杂乱地叮当响。
我又病——又穷——也软弱。
明亮的光斑摇曳着
老妇人在那高声叫嚷。

越冬的粮食垛间，
一双受了惊的乌鸦
从湛蓝的天空飞落
停留在布满灰尘的橙色槭树上。

我爬下屋顶，想要睡一会儿，

或是能睡上整整一天。
然而村庄的远方，院落
被玻璃的闪光惊扰。

为了躲过那些冷漠的责骂，
我绕过屋子——像个懦夫——
我缓步地走在尘土飞扬的路上，
向着远方——远方——远方。

1906 年
杰多夫

回忆！

忆起：夏日芬芳的花园
你热烈地向我走来，
沐浴着，
东方长毯的光辉。

你羞怯地走来，——置身于碧空下
遍野的鲜花，——
笼罩着淡紫色的雾霭，
和夏季的朵朵游云。

忆起：你温柔的爱人，
在墙边等待。
把纤弱的粉蔷薇
编进头发。

忆起那柔情的相见——

忆起：望见上帝，——
这双唇与双肩
燃烧着热吻。

激情之火永不消沉——
不，我没有背叛！……
那里落满灰尘的甘菊
那边——那边，和那边——

路旁枯死的花
随风飘扬。
你不爱：你已忘记——
把一切都忘记。

1906年
慕尼黑

逃　跑

姐姐，你的双眼呆滞无神：
呆滞地——不知望向何方。
听啊！云杉，那茂密的云杉
在阴冷的雨天沙沙作响。

你苍白如雪的面庞
朝向蔚蓝的远方。
我歌唱冷冽的秋日，——
歌唱勇敢的逃亡。

医生慌张地抓起木棒
叫喊着“抓住他们，快抓住！”
正当饥饿的寒鸦惊飞而起，
奔跑，沿着遥远的天际——

沿着空旷荒芜的谷场。

荆棘把我们狠狠抽打。
但，姐姐：他们说，我疯了；
他们说，你也一样。

田野上，我为你歌唱
苦闷秋日的死气沉沉。
递给我苍白干枯的手——
是我僵硬的手：

我们又一次逃跑；你燃烧的衣襟
随风飘扬。
干枯的叶子颤抖着
旋转着，飞舞着，闪闪发光。
我跑着……而你呢？

1906 年
莫斯科

时　间

1

年幼的孩童
四处张望，
摇头晃脑，
这是厄运的雏形。

令人窒息的子夜
在村庄附近
一位年迈的老人
笼罩着光芒——

仿佛是一股气流
在窗边喃喃低语：

“岁月

消失于

我遥远的尽头。

而我华发已生

它翻涌，飞逝

如激流：

到来，又奔向

那里：

岁月

飞逝——

在那，坠入深谷……”

春去。

冬消。

松浪翻腾。

亲爱的你，是谁?

——“我——就是时间……”

2

亲爱的他，年事已高：

发丝灰白，仿佛乌云。

——你好，爷爷！
——你好，孩子！

——喜欢吗？给你鲜花：
编成碧蓝的花环。

他跟在孩子身后，
他跟在孩子身后，口齿不清，步履蹒跚。

清晨的霞光中，他是否以手杖将我们威吓？
幽暗的黑夜，他有没有敲击着窗。

我从他倾颓的木屋边
战战兢兢地走过：也不知，怕着什么。

3

岁月飞逝
如暴风激荡。

老人坠入
幽深的峡谷，

双腿无力地弯曲，——
别再发问。
碧空中他的发丝——
宛若灰白的云朵。

不是双角的小刀——
大镰刀升起
又落下收割。

割去冬天。
收走春日。
又带走夏季。

举着镰刀
他躲进烟尘：
消失，淹没
于烟雾弥漫的苔藓。

收割吧，你收割吧，——
割吧，
亲爱的老人！

我与空气一同

落在一株柳下。

4

让生活的重担
(正如周身的黑暗)
为我们指明道路,

而时间,
这位披头散发的老人
正在上空哭泣。

春去。
冬消。

割吧,割吧,——
你收割吧,
亲爱的老人!

1909年
莫斯科

安　宁

致 Л. Л. 戈贝林斯基

1

我望向冬季忧郁的远方，
风编织着暴雪的花边。

监狱的栅栏后
是岁月疯狂的涡旋。

梦把生活分割成——
一天又一天。

日与夜的深渊中
我被黑暗折磨。

我哭着：怜惜

往日时光。

时间的纺车
编织着

致命的纺锤
毫不倦怠地纺线。

你在这里饱受折磨，尘世的凡人：
监狱的窗边——
覆盖着冬季的冰雪。

时间，
如白马疾驰而来；
风雪中的马鬃闯入冰冷的窗；

无尽的时间
向着黑暗的深渊飞驰。

在这里，我抬起不眠的眼眸，——
双眼，
溢满泪水与火光。

我知道，自己已坠入夜的深渊
这里闪烁着白日黯淡的光芒。

监狱的窗内——
悲痛的远方，——

冬天的
面纱。

2

黑夜落幕。明亮的朝霞
扑灭了点点星光。

霞光中，窗口十字架的
阴影，映在我的胸膛。

纵使我又一次困于
宅院潮湿的角落。

我微笑着，饱受折磨——
在白日的光辉中饱受黑暗折磨。

从坟墓中

我痛苦地伸出温柔的双手，

为了让神秘的力量
把我的面孔燃烧，燃烧，在霞光中燃烧，

让这永远孤苦的世界，
这世界死者的前额，

如永恒的亡灵，
悬挂在你们头上——

晦暗的星光，
从我的双手穿过……

在那明亮的墓碑上
阴影吞没了十字架——

黑夜浓了。歌声响了。
还有那黑暗的激流。

我漫无目的地把双手
摊开在监牢的地上。

3

我哭了。怜惜
白日的光芒。

时间的纺车
重新开始
纺织丝线

致命的纺锤。

岁月的白马疾驰而来；
风雪中的马鬃闯入窗中。

无尽的时间
疾驰向不可逃避的命运

我抬起无眠的眼眸，——
双眼，
溢满泪水与火光。
当傍晚时分闪烁着白日的光芒。
我在深渊中望向浩瀚的夜空。

1905 年
莫斯科

瓮

诗　人

独自。你独自
奔跑——年轻又健壮——
为飘散的烟雾，与绸缎般的白雪
带去山峰神圣的寒意。

山间蜿蜒的溪水
它银光粼粼的水流
为你——歌唱；而你——孑然一身——
从朦胧云朵深处眺望我们。

笨拙的鹰腾飞，
翱翔于白日星空。
你展开双翅的影
划破了洁白如镜的冰。

命运把你扔向

光辉的冰峰，
你拖长声音，自由地
呼喊太阳，投入古老的战斗。

正午：停下吧——不要坠落，
当片片云朵飘去，
当陡峭的山峰
在你脚下裂成深渊。

而在金色冰川的海洋中
邪恶的太阳消失得无影无踪。
飞速的岁月疾驰而去
消逝在蔚蓝的天空。

1904 年
莫斯科

魔法师

固执的魔法师，深谙
魔法图案的数字与星光。
你——就是：降临于视线的黑暗……
沉重的，烧焦的视线。

岁月流逝。空洞的浪
涌送着星球，飞行着——
空间，时间……梦中的你
悬挂在冰封的深渊之上。

干旱的远方。尘土飞扬的空气。
残酷的火焰中，你金色眼睛的
忠诚的猫头鹰，正望向你
钻石散落的光芒。

你还记得：混乱中

你俯身于星状的标记。

头戴黑色面纱

站在痛苦的深渊之上。

在生命的门槛后

你对世界的命数了如指掌……

你嘴角冷峻的弧度

镌刻着不详的悲伤。

绞刑架上的人，长久地悬挂

于世界舞蹈的深渊之上。——

你给世界穿上乳白色的混乱，

宛若一件送葬的裹尸布。

你踏上永不妥协之路——

魔鬼之路。

在妄想的怪圈中，

飘散吧，白色幽灵！

你知道：世界，与命运的终结。

时代的激流中——

只有你梦中浪荡的舞；

这世界只有——你，而你——孤身一人，

在自己的梦中

一切都被照亮，却未燃烧，

……

岁月流动，星球飞往

你不幸的深渊。

1904 年，1908 年

莫斯科

冬　日

致 M. A. 沃罗申

青蓝色的雪，渺茫的雪；
我们再次清爽地呼吸。
我爱村庄，傍晚
与银色冬天的忧郁。

尖利的风划破面颊，
林荫道深处涌起寒意；
折断了冰冷又易碎，
声音清脆的水晶吊坠。

蓝色，蓝色的霜雪吹来
流过玻璃的水痕已结冰，
在冰雪覆盖如绸缎的荒漠上
跳起轻盈的轮舞。

昏暗的田野上喷涌出
夜晚的，第一道火光；
村庄上空的烟雾
笼罩在殷红的西方。

冰冷的血红天际，
河上血红的光辉……
乌鸦慵懒地鸣叫；
小铃铛远方的叮当。

抛在田野深处的云杉
何时没入白色的雪团，
一片银白飞旋，纠缠，疾驰
公园上空的暴雪狂风，——

让这堆金色的巨石
沸腾在我铁铸的壁炉：
炽热的轻木柴间
红宝石噼啪闪烁。

无忧无虑，我再一次
沉醉于乡间的静谧。
手中的水晶高脚杯

泛起花边般的泡沫。

远离嫉妒与仇恨
我的一生注定终结。
一堆冷酷的冰雪
如幻影，望向窗户。

纵使墙壁后，黯淡的烟雾里
是冷酷，冷酷，冷酷的严寒——
一群钻石般闪耀的蜻蜓
欢快地在玻璃上飞落。

1907年
彼得洛夫斯科耶

争　吵

1

那场不幸的相遇已过去一年，
当我们，怀抱爱情，麻木地，
注视着暴雪狂风，
当稀松的灰烬中煤炭已烧红。

在煤炭上俯下身，你燃烧着
火热，耀眼，烟雾弥漫的火焰。
你没有张望，没有言语，
陷入一片沮丧的茫然。

看向那微微闪光的火焰；
暴风雪在田野狂舞又哭喊；
风雪中马在屋顶上，
疾驰，如钢铁的轰鸣。

你用双唇长久地
把我的唇灼痛，长久地，
周身仰卧于桂竹香，
玫瑰与木兰花丛。

你已离去……又在火焰
背后的阴影中，望见灾祸。
在洗净的苍白前额上
浪一般，浪一般金色的发丝。

面颊上清浅的色痕。
威严的双眼紧闭。
某个声音向我，不断重复，
不断重复着——“爱情已逝去”。

你没有在心中
复苏平静风暴的回忆……
如果你忘记了
往昔岁月的含义，——

如果爱情没有把你和我
更紧密地相连——

我就离开，隐藏于夜幕，
去往夜晚，冰冷的田野：

让白雪覆盖的法衣在夜晚
翻滚，飞舞，我奔向茫茫夜色，
黑暗的风之剑
被冰冷的呼啸撕成碎片。

我躺在冰雪的墓茔中
爱与痛苦难分难舍……
你跃起，伸手
举过头顶。

1907 年
莫斯科

2

雪夜中，马在屋顶上，
疾驰……壁炉中
丝绸般的火光噼啪作响
仿佛红宝石般刺眼的光芒。

“醒醒吧：你睡了，我也睡了……”

我不相信你，怀着痛苦的怀疑。
而当你走近，别被热情四溢的
吻灼伤。

“我爱你，别离开——相信吧！……”
阴暗角落中伸出的两只翅膀
来自煤堆火红，而疯狂的野兽
散落在明亮且柔软的光影里。

而窗中雪浪如绸缎
飘扬在乡村上空；
死寂的墓茔
永远被古老的伤痛分离。

撕去白日的遮蔽，她
悬挂于失眠的夜空——
无言，无时，无底，
也无，安详的思绪。

1908 年
莫斯科

回　忆

十二月……雪落满庭院……
我忆起您与您的话语；
我忆起白雪的银光中
怯生生颤抖的双肩。

您戴着马赛式的白纱：
在窗帘旁陷入梦幻，
那些谦恭的绅士们
团团围坐在沙发边，

侍者递上香茶……
钢琴的乐音传来……
而您，满含悲凄的双眸
不经意撞上我的视线。

一切——幻想与启示，

都在轻柔地舒展，——
而难以表白的痛楚，
在我的梦中重现。

伴着海顿优美的旋律
您与我，只有纯洁的
关系……而您的丈夫，
在路上扯着胡子，冷眼相看。

————

我——纷飞的雪中……
那转瞬即逝的回忆
却轻轻掠过
我苍白的心间。

1908年
彼得堡

死　亡

四周是峭壁悬崖。
飓风撕扯着死亡。
被撕碎的云朵！
被撕破的苍穹！

白雪覆盖外衣。霞光
染红的天际。
在霞光的波涛中死去吧！
死去吧——燃烧吧：烧光！

吱吱嘎嘎，铁手杖
刺入哗啦作响的碎石。
在即将到来的瞬间
我来到尖利的山脊。

坚冰所做的铠甲。

它们冷脆、冷脆的碎裂声。
我独自——到来，到来。
我的道路崎岖，又空旷。

脚边的激流转瞬即逝。
还要到何时——到何时?
都结束了，歌声，哀怨，
喜悦，与痛苦，痛苦——

与痛苦……而自由地——啊，
我在日暮时分俯身，
光影中垂下我的面孔……
那是我，是我。

向着夜晚的国境线，
向着破碎的苍穹，
当那冰冷的霜雪，
用笑声驱散了死亡。

这就是——你，年少的——你，青年的——你，
你——男子汉。你不再是：
曾经：淹没于酷寒，
于沉寂岁月的深渊。

生命流淌，

飞向摇曳的黑暗。

仿佛温柔的，冰雪的，短促的

通透的涡旋。

1908 年

彼得堡

我的朋友

整整一年，在我身后流逝
四处是马尔堡哲学家。
我的心，它淹没于夜晚
形而上难题的黑暗。

当褐色的头发
随微风轻轻浮动
垂在蜡黄的额前，
那散乱的，轻快的长发。

这位哲学家，回答
羞怯而致命的疑问，
挠挠他苍白的鼻子，
什么真相，真理……——都是方法。

在春日，新生的灌木丛间

他，被黄昏的阳光洗濯，
包裹着黑色的斗篷，
仿佛昏暗的剪影徘徊。

斗篷摆动如蝙蝠，
挥舞着黑色双翼……
新圣母修道院上
明亮的十字架在闪耀——

我们于此相遇……坐在
长凳上，目光凝驻
在田野淡绿色的雾间，
望向麻雀山。

“生命，——他低语，停驻
于苍翠的墓茔之间，——
先验条件的
形而上学关联。

她如烟尘消散：
她不是生命，而是思索的暗影……”
我的面庞垂向
紫色的丁香丛。

毫无生气的视线前，
因恐惧而颤抖的我，——
瓷制的勿忘我，
哗啦，砸向花环。

仿佛来自青青草地的
亡者，如十字架般站立，
十字架，宛若高举的双手，
闪烁如黄色的眼。

1908 年

致　她

茵茵青草
披上露珠。
何处传来，忧郁的
问候。
我听到，——亲切的
问候。

亲爱的，你在哪里？
亲爱的。

夜晚的灯光
明亮——
夜晚的灯光
火红……
我举起双手
等待着你……

亲爱的，你在哪里？
亲爱的。

我举起双手
等待着你。
幽暗的忘川流淌，
不断流淌的
忘川……

亲爱的，你在哪里？
亲爱的。

1908 年
莫斯科

墓园之夜

荒芜的墓地花园，
连着苍翠的草丘。
墓碑上闪动的火光，
噼啪作响。

灌木丛上的树林，
呜咽的钟声敲响，
教堂灯光明亮，十字架的
剪影凝伫在夜空。

银光粼粼的杨树
在墓园中摇曳，
狂风吹散了落叶，
飞向无边的田野。

闪烁的银光中，

飞舞的蝙蝠，
悄悄出现——
伴着悲凄的叹息。

哦，我安详的心灵，
被正午的酷热灼伤，——
而你，淹没于亲切
又寒冷的虚无。

1908年
莫斯科

窗　下

视线消失在春日的远方：
那里是蔚蓝的苍穹……

而“批评者”在我面前——
他们的皮质封面……

远方——是星形装饰的
另一种存在……

而我，战栗着，忆起
那虚幻的空间。

1908 年
莫斯科

引诱者

致弗鲁别利

哦，哪怕理智不安地徘徊，
哪怕心脏的跳动停止，
当我双眸中闪现
那忧郁的哲思。

我坐在桌边……郁郁终日，
在泛黄的巨著中，
夹入枯萎的勿忘我，
书脊上题写着——康德。

斑斓的蝴蝶
被繁密的蛛网紧缚——
那里，随风轻扬的窗帘上
丁香垂下盛开的花枝。

灿烂的光芒。甜蜜的空气……
明媚的日子里，阴郁的暗影——
你低垂着侧脸，
爬过阴影的褶皱遍布的墙壁。

无法抗拒的命运，
让角落严肃的侧脸低垂。
精致的亚麻花边上，
画下静止的双腿。

永远捉摸不定，摇曳难明，
不再受折磨，不要回答！
而黑暗的轮廓中，
展露不出嘲讽的笑容。

他起身，阴暗散去。
他在墙边窸窣作响；
从墙上无声坠落，
穿透，错过。

身穿漆黑的绸衣，胳膊
轻轻搭上我的书桌。
发黄的手指划过泛黄的书行，

我的视线情不自禁追随。

银色的蛛网编织着
忧郁，面孔点了点头。
当一束漂浮的尘埃，
在正午的金黄中摇摆。

一头金色的鬈发，
细软光滑如锦缎
他用沾满露水的勿忘我，
编织着花环。

山羊在轻柔的草地上
微微露出醒目的犄角。
碧空下，冰冷的目光——
黯淡的珍珠放出微芒。

太阳火热的镣铐，
缚住毫无血色的脖颈……
好似一条柔软的怪龙，
盘旋而起，披着灰暗的锦缎。

我裹挟着幻梦的激流，

来到世间原初的蔚蓝深渊，
我璀璨的兄弟，我忠实的神明，
为何你出现？又消逝！

你以温柔的神灵显现，
低垂的头颅已经加冕。
我在梦中真切地看见，
你身在一望无际的深渊。

你又是谁，是谁？呼呼地挥舞
透过光线的羊毛，
又勃然大怒，向半开的窗
肆意挥洒着尘土。

叶子一簇簇钻进窗户，
映出细碎金光，宛若钻石。
我手中无力地
拿着一本巨著。

我不需要爱情，不需要，
把爱情高悬于生活之上……
窗边甜美的欢欣中，
露水在麦穗上流淌。

我看见：蜿蜒的路边
混沌的烟尘勾勒出人影，
苍白又带着棱角的冰，
在天空中洗濯出蔚蓝。

宛若故乡轻脆的镰刀，
它映照在远方的天际，
云朵轻轻呼吸着，
弥漫的寒烟。

哦，哪怕褪色的书本上
理智在不安地徘徊。
撒旦的面孔浮现，
当明镜般的月亮高悬。

1908 年
莫斯科

星　星

星　星

火红的太阳缓缓西落。
在大地上空，急速地闪烁。
金黄的镜子悄悄升起，
在灰斑中放出微弱的光芒。

瞬间，周围的一切——大雾弥漫；
一切——变得灰暗。

如镜的松石泛出绿意，
清澈的眼泪闪烁着——
钻石般，钻石般的维纳斯。

1914 年

自我意识

我梦见：海洋与山川……
我梦见……

遥远星座的
星斗
在宇宙的波涛中
盘旋。

流星
时而划过高空，
紫红色的星尾
悄然消失在头顶的苍穹。

醒来了——依旧是山川，
与海洋。

我把视线长久地，
长久地，投向远方。

依旧……苦闷地
聆听，
那天空的哭泣：

古老的蔚蓝深渊；
与——火红的，金黄的
圆。

我无尽的疼痛——
何时停止？……

穿过生命，世界，宇宙
你们为何还在将我追逐？

在上天的创造，——
与堕落中——
生命流逝……而——上帝！——

意志
愈发，愈发冷峻——

我的

意志

依旧。

1914 年

巴塞尔

羯　磨

1

忧郁的我……请等一等……大钢琴，
仿佛在聒噪地争吵，
席卷着大海的风暴
稍稍打开面向远方的窗。

岁月如明灭的泡沫
从身旁闪过，提醒着我，
我们，是转瞬即逝的花火——
飞舞如四散的泡沫。

童高音轻盈地唱响在
昔日歌一般渺远的彼岸……
你望向钢琴上空，
美妙的歌声萦绕耳畔。

你那明亮的双眸！
你那冰冷的怀抱！
可那——难以忘却的风暴——
与你渐渐变暗的衣裙。

2

我们——是致命的深渊，
也是耳聋的飓风，——
坠落于纷扰的梦境，
坠落于千年的雾云。

疯狂的赤焰曾卷入
白色泡沫的涡漩。
和那岁月的疾驰，
与生活的变幻。

我们，曾像那暮色苍茫，
我们，将是那炽热神灵。
这层化为灰烬的世界，
存活于我萌动的视听。

3

我知道，在这黑暗的世界，
你是咆哮的邪恶帕尔卡，
是森林中可怖的猫头鹰，
给我以热烈的吻。

你——在粼粼月光下
向我喃喃地倾诉过往，
穿着满是灰尘的
破烂衣衫。

黑暗的角落把影子拉长，
你，就在那里出现，
在严整的手写文字上，
发出老鼠般簌簌的词音。

岁已千年的老妇与我
在夜晚变得疯狂，
冲着我伸长的耳朵，
明亮的月光在歌唱。

4

如磷光般转瞬即逝的巨浪
透过窗子将屋中的我们照亮。
我看见黑暗中的闪电。
和大理石般暴风的幽灵。

你闪闪发光的戒指
在柔和的乐音上闪烁；
夜用它黑暗的旌旗
从我的脸上轻轻拂过。

——那岁月的疾驰，
与生活的变幻。
如同赤焰疯狂的星火
溅入白色泡沫的漩涡。

我知道，在这黑暗的世界，
你是咆哮的邪恶帕尔卡，
是森林中可怖的猫头鹰，
给我以热烈的吻。

5

我无言地接受命运
一颗沉默的心已明了。
大海命定的隆隆呼啸，
如生活不可抗拒的荣耀。

1917 年

致 A.M. 巴措

缓慢又安详地：我们走向
飞逝的时光。
一切已逝去：往日曾召唤
午夜之战的时光，。

我的祖国，我亲爱的祖国！
我是你的，我——是你的！
哭泣的祖国，接纳我吧！纵使不相识！
你身上覆盖着潮湿的草地。

在胸中燃烧吧，
曾经狂欢般炽热的落日，
霞光乍现，警报长鸣……
呼唤他吧，——长鸣吧！

纵使我们——身在黑夜！纵使——黑夜中无路可寻！

纵使——是一个又一个幻梦！……
他出现于——黑夜过后
那安宁的霞光与黎明前的颤动！

1916 年
多纳赫

致阿霞

火光微微闪烁。
依稀可见的山坡、谷地与远方。
遥远的烟雾弥漫，
仿佛无言的忧伤。

微风从幽蓝的黑暗中拂过……
路边的艾蒿迎风舞动。
一酝酿着雷雨的巨云中
转瞬即逝的火光。

无法言说的——更加温柔……
无法抗拒的——愈发顽强……
时光无法言说的飞驰，
树根无法抗拒的死亡。

喜悦燃烧的夜晚

她的钥匙猛烈碰撞：
喜悦翻涌的眼中
如明灭的幻影般惊慌。

神圣的：——生活之流，
难以逃避的严寒之死亡，
与——变绿的树叶，
和——腐旧的树根在路旁。

1916 年
多纳赫

倒　塌

夏日里存在某种致命与危险……
和——邪恶冬季的哀嚎里……
全宇宙的激动和沸腾！
令人折服的智慧！

情感的全部界限，寻常真理的全部界限；
在世界，岁月，与时间中
躺平的孤单躯体，躯体，躯体，
以及——枉然的尘埃。

我们走向未来——一队又一队——
奴隶们：没有情感，也没有心灵……
未来，如同过去，是一堆
庞然大物。

何时我们得以拯救，

从混乱的世界，与真实的痛苦，——
别了，你那痛苦不堪的双手，——
又一次。

1916 年
莫斯科

致维亚切斯拉夫·伊万诺夫

不经意间，就这样出现……
你来到我面前——
身穿旧式的黑色礼服，
手拿印着花纹的卷册
在旧座椅和沙发之间。
《透明》维亚切斯拉夫·伊万诺夫

绿色眸子对我眨动，——
连珠妙语飞落
如喉头哭泣的音符：
你垂下默然的面庞，
摆弄着粗糙的戒指
镶嵌着巨大又夺目的五角星。

端上中国茶，
我们一同品尝甜点；

又——偶然间忆起
那些伟人的格言；
嘹亮的词音飞舞，
我的心中溢满柔情，
仿佛号角恼人的呼喊，
仿佛公鸡高亢的啼叫。

你我相识已久，已久……
（或许，相识于，出生之前）——
熟悉的，琥珀般粉红的面庞，
拂动发丝的颤抖手指——
和——那长襟的礼服
（或许，是捕获的飞蛾）——
熟悉到令人恐惧，熟悉到痛苦！

在灿金色的辉煌光环中
如此熟悉的，没有眉毛的宽大前额。

1908 年
彼得堡

致阿霞

我的激情如此奇异地展开
于忧郁又苦闷的安逸，与安宁的梦中……
咸涩的海水拍击着峭壁，
海浪打上泛着白色泡沫的岸。
那空中，宛若眼泪
溢满馥郁的光辉。
快活的绿宝石闪烁，
伴着世间晦明的雾色。
夜晚，悬铃木的影又更暗地将我笼罩。
痛苦止息在过往的梦中：
西西里……与——热烈的吉他……
巴勒莫，莫尔亚丽……拉迪斯……
我爱着！……

1917 年
捷米扬诺夫

俄罗斯

弦月弯弯。
针茅闪烁。
洁白的道路。
尘土飞扬。

一群夜晚的
鸥鹗，飞过——
在旷远的夜中
哭泣。

干枯的杨树
枝干渐暗；
静默的苍穹下——
我独自——伫立。

魔鬼的梦魇

浑身战栗。

这里——骑马者，步行者

疾驰于梦中。

忧虑消磨，

也迷失了前路。

无人能够

让他返还。

锈色的沼泽地中：

灌木，火焰，

茂密的草丛，

与空洞的树干！

1916年

莫斯科

致俄罗斯

俄罗斯——是你吗？……我笑着死去，
捕捉着明亮的目光……
不可思议，——（我所了解的）——你，
我不可思议地爱上你。

我的理智，又一次
飞落于你陌生的苦难。
阳光照进我沉默的手中，
如正在低语的黑暗。

仿佛飘舞的，融化的罂粟，
向我隐约闪烁，——
仿佛蝴蝶，闪亮的标志
飞落我的胸膛。

用命运——（独自）——你把岁月的酒杯斟满

岁月之酒一饮而尽。
让闪电光束填满灵魂，
出鞘吧，目光之剑。

我——明了一切……又什么都不知晓。
我爱，爱，爱着。
你——同我……笑着死去。
捕捉着明亮的目光。

1918 年
莫斯科

致阿霞

依旧是——河边的渔网，
与灰色的松木与树桩；
依旧是砂石，依旧是——
孤寂、安宁的时光。

依旧沉默于
低矮农舍的垂檐；
森林幽蓝的轮廓
在日落时分悄然黯淡。

把灌木丛分开的
小树林上空，
那里，不灭的光辉
把你——映照清晰！

你沿着鲜血狂奔

如红宝石璀璨的光束：
六翼天使的翅膀
蒙住了我炽热的双眸。

血色的翅膀
在飞驰中张开双翼：
那是很久，很久以前
如今又重新舒展。

昔日——那未来的相遇；
未来——那久远的梦幻：
难以表白的言语，
无法形容的——你！

1916年
莫斯科

元素的身躯

湛蓝与洁白的花瓣中
世界多么奇妙。
在仙女和蛇一般飘扬的世界歌声里
充满了奇迹。

我们——悬在空中，
如临泛起泡沫的深不可测的河流，
思绪涌上心头，
如飞逝的光辉熠熠。

1919 年
莫斯科

飞翔的心

你蔚蓝的双眸
仿佛一阵风拂过我心田：
你把我的心照亮……
她在蔚蓝中自由飞舞
宛若春的啁啾。

1918 年
莫斯科

那水呢？ 瞬间——明晰……

那水呢？瞬间——明晰……

瞬间——成一个圈，泛起涟漪：小鱼……

这就是思想！就是他……

但他——那样深邃，

要小心翼翼地摸索。

1916 年 6 月

多纳赫

碧　空

那光明的，浅淡的碧空……
他们——无边黑暗，没有尽头；
那里——是宇宙的风暴。
生命如此寂静：
她，仿佛夜晚的，黑暗。

1916 年
多纳赫

致阿霞

（与她离别后）

淡蓝的碧空：石头圣像
投下巨大的阴影：
从黑夜到白昼
掠过急速的山峰。

时复一时，日复一日：
将我们永远地相连：
在你低垂的眼帘下
双眸闪动着火焰。

我最后的，忠实的，永恒的朋友——
请别责怪我的无言；
无言是忧郁：是羞怯的恐惧，
因这难以表白的爱意。

1916 年
多纳赫

“我”与“你”

他们说，“我”与“你”
我们相撞的肉体。

鲜红的一团渐渐变暖，
如鲜血般温热的云。

我们——不安的喧嚣
笼罩着摇摆的发辫。

不，不是这样：玫瑰色空气
弥漫着安宁的静寂。

激荡的岁月消失于，
小燕子的喁喁低语，——

那里，“我”和“你”——

闪动着蓝宝石耀眼的光辉，——

那里，云朵点燃了
一团血红的躯体。

1918年
莫斯科

致祖国

在经验徒劳的年代，
在死寂虚空的年代——
在坚硬钻石的铠甲
烧尽的炭灰中——是你。

在心灵中升起，充满了心房！
成长吧，我们的祖国疆土，
不可抗拒的闪电之光，
燃烧不尽的荆棘。

泪之汪洋，痛之汪洋
组成你的命运——清晰，明了：
你伸向高空的双手，
闪耀着火光。

那里——是崩塌的不祥纪元

与宇宙元素的嚎叫，——

那里，——是明亮的球体，

与飞翔者的轰鸣。

1916 年

莫斯科

灵　感

风儿依旧
吹拂着
金色的
麦浪。

温柔的
天空
依旧
忧郁地闪耀着霞光。

向着神圣的
蔚蓝
波涛，
飞吧，我的圣歌！

大地上——
滚落的

巨石——
哦天空，我看出了你……

用钻石
填满
心灵，
浮现出亲切的往日：——

用闪烁的
灯火，
与闪电，——
编织成，——哭泣的心。

忆起——一切：如往昔的致意
飞落于
我偶然的
诗行——

天使，迸发着光芒，——
舞动他
阳光的
双翼。

1914 年

婴　孩

玩耍吧，懵懂的孩童，
闪耀着飞翔的元素：
“我”如同向往自由的光，
出现，闪烁，——俄罗斯。

我们等待着：死寂的阴影
如飞逝的雾幕般坠落。
神圣的妇人
在温柔的深渊上闪烁星光——

而在春季的丰美中，
碧空层层涌动；
轻薄的羽翼下妇人的面庞
取笑俄罗斯的欢愉。

1918 年
莫斯科

致祖国

哭吧，轰鸣的火柱上
席卷而至的狂风骤雨！
俄罗斯，俄罗斯，俄罗斯——
发狂吧，把我点燃！

你那光辉的幻梦，
与心灵的羽翼——
拂过荒凉的深处
与你残破的废墟。

不要哭泣，弯下膝盖吧！
向着——那熊熊烈火，
向着天使嘹亮的歌声
和宇宙岁月的激流！

一片荒凉的沙漠，

大海涌出泪水——
视线无言的光芒，
温暖了降临的基督。

让空中那土星的光环，
和那银色的天河，
与火热的地心，
都猛烈地翻涌着磷光！

而你，燃烧的天地，
发狂吧，把我燃烧！
俄罗斯，俄罗斯，俄罗斯——
即将到来的弥赛亚！

1917 年
波瓦洛夫卡

其　他

夜

锐利的目光，满含深意，
闪闪发光，——
毒药使我痛苦——
而镶着金褐色边的云朵，
沉默地高悬
闪闪发光。

流浪的群峰追逐着
好似沼泽
瞬间即逝的眼睛；
在沼泽地，——
在幽暗的树林
寻找敏捷的山猫。

夏天，刺人的锈褐色的草，
都被收割干净

蟋蟀——

受邪恶魔鬼的蛊惑，

眼中

充满挑衅的光芒。

而——大火点燃了

整片沼泽；

消失在

一片银光；

而——有人把缓慢的雷声

偷偷推到云朵的背面。

听——山猫病恹恹的呜咽。

它缓缓爬来，又怒吼：“嘘！”……

哀愁的群峰中

闪烁着

山猫黄褐色的

兽皮。

1922 年

措森

七月的日子，闪动着肃穆

七月的日子，闪动着肃穆
干燥的大地。
无尽的道路。
无边的田野。
半边火焰天卷起烟尘
以无声的蓝色巨焰
砸向胸口，宛若发污的石头，
这难以逃脱的命运。

云朵在高空漫游，
温暖又沉重的水滴
从山谷肆意地飘洒，
张口，又不再说话。
伴着无法捉摸的未知，
乳白的，变幻的，年轻的，
我们击起昏暗的浪花，

月亮在水上嬉戏。

追赶不及的奔跑

追赶不及的浪花

不可名状的喜悦

茫茫无边的幽深。

1920 年

队 伍

帷幕落下：霞光
又被严厉地拨开，

一边是隆起的
苍老
山丘——
那边是森林

蔚蓝的

边际。

我们从幽暗的悬崖走过，
迈着坚定而整齐的步伐。

闪耀着——

无意义的

曲折：——

被冰冷的

狂风

拉扯。

道路昏暗——如没入灰烬；

杂乱的草丛已经枯萎……

肿胀着

垂下的

双腿。

燃烧着

炽热的

年岁……

耳聋，

眼盲——

——直到永远！

1924年

莫斯科

失　眠

我们——没有意识：以平庸的
命运
提出
伟大的疑问；
我们——毫无区别——熟练地
排成队伍
透明地
飘散，如缭绕的
烟圈。
窗棂的幔帐下，
月光中的玛雅，与废弃的涌泉上，
一瞬间
我们粗糙地
筑就一切——
——（而夜却很长——
很长！）——

一切都在一瞬：

仿佛生命的闪光。

暗影，安宁的黑色灵魂，从角落

走出，

徘徊

仿佛迷雾的回答。

传来

沙沙声响……

恼人的黑暗中

出现一团

散乱的东西。

从壁槽看向柜橱，和那里沉默的黑奴。

嘲笑的嘴脸静静地建筑……

而时间投下它模糊的光斑。

一切差别之中——相同的，相同的，相同的。

那里——他们伫立着，那里——他们在张望，

我

因疑虑

而弄糟的

白日，

我

因困倦

而扭曲的

夜晚……

1921 年

莫斯科 医院

医　院

恶毒的——你
又一次浮现在我眼前……
但是——你不再恶毒，而是冰冷：遗忘了
从安宁的内心深处
你平静地望向，昔日的一切。
我，在黑暗中，
爱着，
暗夜中，饱受折磨——
尽情呼吸为我献上的光，
我，痛苦难熬，定睛凝视
远方的你——冷漠地张望。
哦，这漫长的
梦：
窗边的晚霞。
六号病房中，一堆灰暗的东西，
失眠病人的呻吟，与我的病号服；

那锥心的痛，与老鼠敏捷的簌簌。

如此反复着——

日日，

月月，年年……

冰冷的板车上……

满是病人、死尸与饿殍……

然后——以惨痛击向那深沉的愤怒，

击碎骨头的大锤，在空中呼啸……

生命

再次闪现。

卑微的行路人——

消失在虚无的故乡。

消失，合上我的双眼吧

用那僵硬而冰冷的双手。

1921 年

莫斯科 医院

你——影子的影子……

你——影子的影子……
你没有名字。
你的面庞——
邪恶又冷峻。

我踱步——走向白日迷雾——呼喊，
迷雾身后——不，不是你：是我
断绝的过去
(再一次)，
那是，——
再一次出现，——

那是，—— 钻石再一次——
钻石之星，爱情之星，坠落。

透过椴树

低垂的树叶，——光
摇曳，星散，
仿佛落下的玻璃珠。

帆船疾驰——向着海浪涛涛的岁月：
仿佛银色的回忆……

春日
那清新的微风
吹鼓起
变白的小羊。

水面慌张飞舞的小虫
扑入风中……

心灵，你——是光。
其他人——（不是，不是!）——
在自然的岁月：
祈祷之光……

其他人——不是……忧郁的诗人，
寻找她吧，在某处迷失。

幽灵般的岁月中——

虚幻的界限；

那里——心灵

迷失在某处……

在慌乱摇曳的灯光中

我颤抖地，拥抱你。

1922 年

柏林